지상의 식사

Chijou no Meshi
By Kazue NAKAMURA

Originally published in Japan by Heibonsha Limited, Publishers, Tokyo
Korean translation rights arranged with Heibonsha Limited, Publishers, Japan
through BC Agency, Korea

지상의 식사

나카무라 가즈에 지음 · **홍성민** 옮김

작은씨앗

지상의 식사

지은이 나카무라 가즈에
옮긴이 홍성민

초판 1쇄 발행 2014년 1월 27일

발행처 도서출판 작은씨앗
공급처 도서출판 보보스
발행인 김경용
디자인 성미화

등록번호 제300-2004-187호 등록일자 2003년 6월 24일

주소 서울시 서초구 바우뫼로 7길 64-25 1층
전화 (02)333-3773 팩스 (02)735-3779
이메일 ky5275@hanmail.net

ISBN 978-89-6423-165-4 03830

값은 뒤표지에 있습니다.
잘못된 책은 구입하신 서점에서 바꾸어 드립니다.

이 도서의 국립중앙도서관 출판시도서목록(CIP)은 서지정보유통지원시스템 홈페이지(http://seoji.nl.go.kr)와 국가자료공동목록시스템(http://www.nl.go.kr/kolisnet)에서 이용하실 수 있습니다.(CIP제어번호: CIP2013027516)

“한 잔의 물이 때와 장소에 따라서는
이 세상 그 무엇보다 맛있다.
맛은 삶의 문맥 위에 있다.”

– 나카무라 가즈에

프롤로그

저 구름은 정말 아름답고 맛있어 보인다!

접시 위 작고 하얀 구름에서 모락모락 김이 피어오른다. 이것이 이들리(idli, 쌀가루로 만든 찐빵-옮긴이)다. 쌀가루와 콩가루를 발효해 만든 일종의 찐빵인데, 남인도에서는 아침에 먹는다. 데칸 고원 남단의 고도 마이소르(Mysore)에서 갓 찐 이들리를 보고 눈을 반짝이던 나. 빙그레 웃는 식당 종업원. 남천축(南天竺)의 아침 식사, 접시 위에는 하얀 구름이 있다.

나는 수증기가 좋다. 다시 태어나면 구름이건 목욕물이건 화산연못이건 밥통 속 밥이건 찜통의 샤오룽바오(만두의 일종)건 아무튼 모락모락 김이 나는 무언가가 되고 싶다. 나쓰메 소세키 선생은 "나도 모과나무가 되고 싶다"(『풀베개』 중에서)고 했는데, 나도 모락모락 피어오르는 하얀 김이 되고 싶다.

김은 우선 뜨거운 열이고, 실제로는 물이다. 아지랑이처럼 순식간에 사라지는 희미한 증발물로, 무서운 독일 때도 있지만 내 눈에는 한가롭고 행복하게만 보인다. 갑자기 종적을 감춘 사람이 돌아올 기미가 없을 때 '누구누구가 증발했다'고 말한다. 실종이나 행방불명과 달리 증발은 사건과는 관계가 없다고 여긴다. 행방은 모르지만 분명 어딘가에 있다. 본인의 의사로 종적을 감췄을 뿐 마법처럼 사라진 것은 아니다. 휘리릭.

어릴 적부터 증발을 꿈꿨던 나는 세계 각지의 여행기와 탐험기, 조난과 표류, 부랑자나 망명자, 슈바이처 박사와 로빈슨 크루소 등의 이야기를 '증발 입문서'로서 즐겨 읽고 들었다. 그런 이야기에는 무시무시한 자연재해나 해충, 식인습관 같은 내용이 빠지지 않고 등장하는데 그중에서도 특히 흥미로운 것은 역시 음식 이야기다. 그래서 내가 경험한 토지와 조사한 책에서 알게 된 음식에 관한 이야기를 몇 가지 골라 책으로 엮어보았다.

먹을거리와 관련해 가장 중요한 문제는 공복과 그 끝에 존재하는 생존의 위기다. 그러나 사실은 모락모락 피어오르는 김도 매우 중요하다. 냄새가 나는 것은 본체에서 미량의 성분이 공중으로 기화해 떠다니기 때문에 일어나는 현상이다. 그러니까 냄새가 나는 것은 전부 모락모락 김이 난다고 해도 되지 않을까.

냄새를 맡는 것은 입으로 먹지 않고도 음식을 맛보는 행위다. 냄새, 즉 김이야말로 이것이 먹을 수 있는 음식인지 아닌지, 맛이 있는지 어떤지를 판단하는 기준으로, 코치 역할을 한다. 냄새를 뺀 미각은 말할 가치도 없다. 단적으로 말해서 코가 막혔을 때 밥을 먹으면 배는 불러도 맛은 전혀 모른다. 인도의 숲에서 모락모락 김이 나는 생고기를 허겁지겁 먹는 호랑이도, 숲에 있어야 할 호랑이가 전날 밤 마을에 나타난 사실에 격분하며(《The Times of India》에 전말이 실려 있다) 진한 향이 나는 차를 마시는 공무원도 그 말이 맞다고 할 것이다.

하지만 나는 마이소르에 이들리를 찌러 온 것도, 호랑이를 잡으러 온 것도 아니다. 이곳에서 성장해 프랑스에서 공부하고 영국, 미국에서 활동한 작가 라자 라오(Raja Rao)에 대해 알고 싶어서다.

라오 선생 왈. 그곳이 어디든 내가 가는 곳이 인도다. 나 자신이 인도다. 유럽이라는 풋내기 문명은 고대 인도에서 파생된 문명 중 하나다. 삼라만상은 히말라야로부터 생겨났고 갠지스로 돌아온다. 갠지스의 물은 증발해 히말라야에서 구름이 되고 다시 갠지스로 돌아온다.

무수한 문화 사이에서 생겨나는 고뇌를 말하는 다수의 식민지나 구 식민지 출신 작가들 가운데 유난히 인도인의 긍지가 높았던 바라문만큼 큰소리친 사람도 없다. 이것은 칭찬도 비방도 아니다. 놀랐을 뿐이다. 작품은 전부 영어로 쓰여 있는데, 이것이 실로 '인도적'인 영어다. 라자 라오는 신기한 인물이다. 흥미롭다.

라자 라오가 성장한 토지의 냄새를 맡으며 현재 인도 문학가들이 과연 이 작가를 어떻게 생각하는지 엿보고 싶었다. 그런 이유로 이번에 실현된 증발의 기회를 이용해 마이소르대학을 방문하게 되었다. 인도의 실리콘밸리로 불리는 뱅갈로(Bangalore)에서 샤탸브디 급행(Shatabdi Express)을 타고 2시간을 달려 이곳까지 온 이유다.

나의 일본어 문장이 매우 진부하게 느껴질 텐데, 사실은 내가 지금 갖고 있는 유일한 일본어 책이 하세가와 뇨제칸(작가, 1875~1969)의 『런던견문기』다. 이 책을 잠자기 전에 읽는다. 갑자기 내 문장에서 곰팡내가 난다. 어쩔 수 없다. 뇨제칸 외에 일본어를 할 수 있는 인간이 주위에 하나도 없으니까.

견직물과 호화찬란한 왕궁(어쨌든 예전 성이 불탄 자리에 새로 이 건축물을 지은 것은 영국인이다)으로 알려진 마이소르는 오래 전 이 지역에 있었던 마이소르 왕국의 수도로, 4반세기 전까지는 주(州) 이름도 마이소르였다. 지금은 카르나타카(Karnataka) 주다. 카르나타카를 비롯해 케랄라(Kerala), 안드라 프라데시(Andhra Pradesh), 타밀나두(Tamil Nadu)를 합한 남인도의 주요 4개 주는 주민 대부분이 드라비다 어족에 속해 언어 문화적으로 공통점이 많다. 카르나타카 주의 공용어는 칸나다(Kannada)어다.

기원전 3세기 이래 인도에는 많은 왕조가 생겨났고 쇠락했다. 18세기 말 이슬람교도인 왕이 영국을 상대로 4번이나 앵글로·마이소르 전쟁을 벌였고 전쟁에서 승리한 영국은 이슬람 지배를 중지하고 14세기 말부터 이어지는 힌두교의 오디아르 왕가에서 어린 왕을 옹립했다. 현재도 이 가문의 자손이 왕위를 계승

한다. 지금의 왕은 마이소르보다 현대적인 주도(州都) 벵갈루루(Bengaluru)가 마음에 드는지 이 도시의 작은 궁전으로 거처를 옮겼다.

영국과의 전쟁에서 사망한 이슬람의 왕 티푸 술탄은 '마이소르의 호랑이'로 불린 용맹한 인물로, 영국인 병사의 숨통에 호랑이가 달려드는 모습을 한 실물 크기의 오르골 인형을 만들어 성에서 갖고 놀았다. 손잡이를 돌리면 호랑이가 어흥 하며 으르렁대고 병사가 안 돼, 싫어, 살려줘 하고 말하듯 비명을 지르며 팔을 위아래로 움직인다. 이 오르골도 영국인에게 빼앗겨 지금은 런던의 빅토리아&앨버트 미술관에 전시되어 있다. 티푸가 보았으면 분개했을 것이다.

참, 이들리.

칸나다어로 쓰인 현존하는 산문 가운데 가장 오래되었다는, 9~10세기 초 시바코티아차르야(Shivakotiacharya)가 쓴 글을 보면 이들리에 관한 내용이 나온다. 옛날에는 콩가루만으로 만들었는데 지금은 쌀과 콩을 2대 1의 비율로 빻은 가루를 발효해 반죽해서 손바닥 크기만 한 원반 모양으로 쪄낸다. 쌀가루도 넣어보자는 생각을 한 사람이 누군지 모르지만 지금은 그것이 표준이 됐으니까 왕을 비롯해 이곳 사람은 모두 쌀이 들어간 이들리가 맛있다고 생각할 것이 틀림없다. 나도 쌀이 들어간, 살짝 신맛이 나는 폭신폭신한 이들리를 좋아한다.

이들리는 삼발(sambal)과 같이 먹는다. 삼발은 콩 수프로, '남인도의 된장국'이라 할 수 있다. 이들리를 향신료의 향이 나는 삼발에 찍어서 먹는다. 이들리는 처트니(chutney)와도 같이 먹는다. 이 양념 소스에는 토마토 맛, 민트 맛, 코코넛 맛이 있는데, 각각 잘게 다진 신선한 재료가 들어 있다. 정식인 밀즈(meals)를 시키면 바나나 잎 접시에 두세 종류의 처트니를 올려서 가져다준다. 여기에 이들리를 찍어 먹는다. 삼발과 처트니 둘 다 맛있다.

하나를 먹고 나면 종업원이 더 드시겠어요, 하고 다가온다. 기꺼이 하나 더 받아들고 맛있게 먹으면 이번에도 하나 더 드실래요, 하고 가져온다. 이 식당의 이들리는 가볍고 작아서 배가 고프면 두세 개는 거뜬히 먹을 수 있다. 세 번째 이들리도 먹어치우면 이번에는 도사(Dosa) 드릴까요, 하고 새 접시를 들고 온다. 도사도 쌀과 콩가루 반죽으로 만드는데, 얇고 바삭한 팬케이크 형태로 이들리보다 역사가 더 오래 되어서 타밀어로 된 기원전 문헌에 그 이름이 나온다는데, 그런 도사를 내어주니 황송할 따름이다. 그러나 눈앞의 도사는 그런 전설적인 역사는 모른다는 얼굴로, 콩으로 된 달콤한 물엿을 휘감은 채 돌돌 몸을 말고 신선한 갈색으로 반짝거리며 생생한 존재의 하얀 김을 모락모락 내고 있다. 화려한 사리를 걸치고 옆 테이블에 앉아 있는 부인의 등에서 당당히 삐져나온 살의 원인이 바로 이게 아닐까.

아, 이들리와 도사! 어느 것이든 날마다 바꿔서 내어주기를. 이들리는 가볍고 폭신하고 도사는 얇고 바삭하다. 그리고 삼발과 처트니! 이건 어느 한쪽만 먹기는 너무 아쉽다. 둘 다 있으면 좋겠다. 우샤 K·R의 소설 『몽키맨』(Usha K. R., Monkey man, Penguin, India, 2010)에 등장하는 슈리니바스가 결혼 상대에게 바란 것도 바로 그런 아침식사다.

2000년 1월 '인도에서 가장 급성장하는 도시' 벵갈루루의 한 거리에 정체를 알 수 없는 '원숭이 인간'이 출현하자 목격자들이 라디오 방송에 나와 그 광경에 대해 증언하기 시작하며 대소동이 벌어지는, 현대 인도의 여성작가가 쓴 이 소설은 예전 연금생활자의 천국이던 남인도의 공원도시가 IT산업의 중심지로 급격히 변모해가는 과정에서 사람들의 생활상과 정신세계가 어떻게 변화해가는지와 그 모순을 투영하고 있다.

실제로 변화는 급격히 일어나고 있다. 루이뷔통과 아르마니의 대형 광고판이 걸린 화려한 건물 앞으로 공사가 한창 진행 중이어서 울퉁불퉁한 보도가 지나가고, 그 길모퉁이에서는 자신의 어린 아들과 함께 바닥에 무릎 꿇고 앉아 하늘을 응시한 채 구걸하는 여인이 있다. 종일 자동차의 클랙슨으로 요란한 혼잡한 도로가에서는 도티(dhoti, 인도 남자들이 허리에 두르는 천-옮긴이)를 짧게 두른 수박장사 옆으로 휴대전화로 통화중인 스키니 진 차림의 젊은 여성이 지나간다. 고급차가 달리는 큰 길의 한 모퉁이에서는 뒷길 빈민가 아이들이 미처 수거하지 못해 넘쳐나는 쓰레기 산을 뛰어넘어 달려 나온다.

그래도 역시 행복은 '이들리'와 '도사'에 머문다. 도쿄의 내 집 근처에 있는 인도식당의 여주인 시타가 "중화요리가 더 맛있지 않아요?" 하고 물었을 때는 정말 깜짝 놀랐다. 왜 그렇게 생각하느냐고 되물었더니 "집에서도 가게에서도 늘 인도음식이잖아요.

가끔은 중화요리가 먹고 싶어요" 하고 말한다. 인도인이 인도음식에 질리다니 어이가 없었다. 시타는 툭하면 자신의 가게 2층에 있는 중화요리 가게에 가는 것 같다. 중화요리 가게 주인의 말이니까 틀림없다.

하지만 그런 시타도 아침식사로는 분명 인도음식을 먹을 것이다. 지역별로 식문화가 가장 분명하고 보수적으로 반영되는 것이 아침식사다. 점심과 저녁은 색다른 음식을 찾는 사람도 아침은 전통적인 식사를 하는 것이 보통이다. 아침부터 색다른 음식이 먹고 싶은 사람은 거의 없다. 익숙한 음식을 찾는다. 된장국에 밥, 그리고 산초를 넣은 멸치조림과 날계란. 토스트와 베이컨과 포치드 에그와 구운 토마토……. 콘플레이크에 냉장고에서 막 꺼낸 차가운 우유? 아니, 그건 됐습니다. 역시 이들리와 삼발과 처트니와 도사!

마이소르 왕궁을 떠나 따뜻한 음식이라곤 전자레인지에 돌린 팝콘밖에 접시에 올릴 것이 없는 미국 중서부의 한 호텔 방에서 이 글을 쓰는 나도 슈리니바스처럼 바란다.

아아, 이들리. 저 구름은 정말 아름답고 맛있어 보인다.

차례

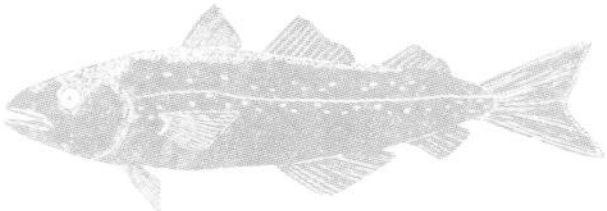

제3장 기억의 접시

제4장 국경의 냄새

제 1 장

스팽글의 바다

벽록방향도

옛날에 콜럼버스라는 남자가 이 섬이 어떤 섬이냐고 묻는 여왕에게 종이인지 손수건인지를 꾸깃꾸깃 뭉쳐 보이며 "폐하, 바로 이런 섬입니다" 하고 말했다나 어쨌다나. 745제곱킬로미터의 땅에 1,400미터가 넘는 산들이 솟아 있는 특이한 지형을 가진, 에메랄드빛으로 빛나는 화산섬의 묘사치고는 참으로 치졸하고 조잡하지만 이 부근이 인도라는 사실을 몰랐던 까닭이니 너그럽게 이해해야 한다.

도미니카 섬. 도착한 순간부터 섬은 방문자를 놀라게 한다. 대서양의 파도가 절벽을 때리는 동해안에서 서쪽을 향해 뜨거운 햇빛과 열풍을 온몸으로 받으며 좁은 산길을 오르내려 카리브라는 이름으로 알려진 원주민 주거지를 지나자 갑자기 눈앞에 계곡의 대파노라마가 펼쳐진다. 그 장관에 넋을 잃고 있자니 이번에는 어느새 바람이 서늘해지고 구름이 걸린 산꼭대기 부근의 정글에 비가 쏟아진다.

아무튼 롤러코스터처럼 구불구불 오르내리는 도로를 달려 초목이 우거진 숲을 빠져나가는 차에 의지해 이리저리 흔들리는 수밖에 없다. 그렇게 달리다 보면 새까만 화산암으로 만들어진 벽과 바람에 색이 바랜 함석지붕, 밝은 색의 미늘벽 판자(물막이 판자)로 된 어촌마을의 작은 집들이 늘어난다. 그 급경사를 끝까지 내려가면 호수처럼 잔잔한 카리브 해에 태양빛이 빛나는 수도 로조(Roseau, 도미니카 연방에 있는 항구 도시-옮긴이)에 도착한다. 자동차로 불과 1시간 반 남짓한 거리인데, 저지대라서인지 조금 전 산속의 서늘함은 찾아볼 수 없이 덥다.

코코넛 향기가 난다!

"코코넛은 예전 에스테이트(열대 및 아열대 지역에 발달한 기업적인 대농장-옮긴이)에서 많이 심었죠."

운전사 겸 가이드인 페릭스가 코코넛이 즐비한 계곡을 가리킨다. "이 부근은 전부 코코넛 밭이에요. 지금은 미처 따지 못한 열매가 땅에 나뒹굴죠. 왠지 모르지만 이 섬에서는 식민지 시대의 대농원을 플랜테이션이라 하지 않고 에스테이트라고 해요."

망고 향이 난다!

"망고도 많아요. 채 따지 못한 것들이 바닥에 떨어져도 신경 쓰지 않죠. 잔뜩 떨어져 있어요. 망고 먹고 싶어요? 차 세워줄까요? 저쪽은 바나나. 바나나에는 여러 종류가 있죠. 저기 작은 녀석은 가든 바나나. 바나나는 주요 산업이었는데, 다른 나라에서 값싼 바나나를 대량 재배하는 바람에 값이 떨어졌어요. 커피도 카카오도 다 별 볼일 없게 됐죠. 예전에 농원이던 곳들은 대부분 잡목만 우거진 숲이 됐어요. 이렇게 작은 나라에서는 여러 가지로 어려운 점이 많아요. 자본도 부족하고, 태풍도 자주 불고. 인구가 7만 명인데 실업률이 20퍼센트예요. 섬을 떠나는 사람도 많죠. 하지만 나는 이 섬이 좋아요."

패션프루츠 냄새가 난다!

"이건 꽃 냄새예요. 저기 보이는 꽃의 냄새. 이쪽에 있는 꽃도 향이 좋아요. 꽃은 진짜 많아요. 놀랄 만큼 많죠."

하지만 맛있는 냄새다! 이 섬의 바람은 놀랄 만큼 많은 향기를 담고 있다. 장소마다 다른 달콤한 향이 감돈다. 섬 전체가 맛있는 냄새를 모락모락 풍기는 하얀 김이 나는 것 같다.

"김? 김이라면 얼마든지 있죠. 온천도 있어요. 유황천이죠. 가장 유명한 건 보일링 레이크(Boiling Lake), 세계유산이죠. 화산 열로 펄펄 끓는 연못이에요. 올라가고 싶어요? 그만둬요. 올라가는 데 5시간 내려오는 데 5시간. 다음 날엔 완전히 뻗어버려요. 나야 2시간이면 올라갔다 올 수 있지만."

19세기에 두 영국 신사가 보일링 레이크를 견학하러 갔다가 한 신사가 뜨거운 유황 김에 정신을 잃고 쓰러지려 하자 다른 신사가 그를 구하려다 같이 연못에 빠졌다나 어쨌다나. 이 섬 출신의 작가 진 리스(Jean Rhys, 도미니카연방에서 태어난 영국에서 활동한 소설가-옮긴이)가 그렇게 썼다.

"진 리스? 알죠. 예전에 그 사람의 숙모가 소유했던 땅의 농원 관리인이 우리 아버지였거든요. 하지만 책은 읽은 적이 없어요. 내일 농원 터로 안내할게요. 집의 사진은 아직 남아 있을 거예요.”

알고 있겠지만 도미니카라는 나라는 카리브 해에 두 개가 있다. 이 도미니카 섬은 서쪽의 아이티와 이웃해 에스파뇰라 섬의 동쪽 절반을 차지하는 그 도미니카 공화국이 아니다. 베네수엘라 만(灣)에서 북쪽으로 징검돌처럼 점점이 늘어선 소(小) 앤틸리스제도 남쪽, 윈드워드 제도라 불리는 섬들 가운데 하나다. 프랑스의 해외 영토인 마르티니크와 과들루프 사이에 끼어 있는 도미니카는 17세기에는 프랑스 식민지였지만 뺏고 빼앗기는 쟁탈전 끝에 영국의 식민지가 되었고 20세기 후반에 독립했다.

페릭스는 나에게는 영어로 말하지만 현지 사람들과는 파투아(patois)라는, 카리브 해 식으로 변용한 프랑스어로 말한다. 공용어는 영어지만 섬의 인구 대부분을 차지하는 노예의 자손들과 그들과 같이 자란 백인, 그 사이에서 미묘한 색의 변화를 이루는 다양한 피부색의 사람들은 지금도 일상적으로 파투아를 쓴다.

일본에서는 고이즈미 야쿠모(小泉八雲)로 알려진 작가 겸 저널리스트 패트릭 라프카디오 헌(Patrick Lafcadio Hearn)은 일본에 오기 전 이 섬의 남쪽에 접해 있는 마르티니크 섬에서 2년간 머물렀다. 그는 파투아를 말하는 사람들의 생활 모습과 민화를 매우 좋아했다. 헌은 유람선을 타고 카리브 해를 여행했다. 지금도 유람선은 섬의 주요 관광산업이다. 배가 오는 날이면 왔구나, 하고 해안에 가판대가 하나둘씩 차려진다. 뜨거운 태양 아래서 여러 가지 먹을거리와 지역 특산물, 채소, 모자 등을 판다. 관광 가이드들도 미니 밴을 줄지어 세워두고 손님들을 래프팅 체험과 용소(龍沼) 견학, 차가운 샘물에서 미역 감기, 온천, 정글 하이킹 등으로 안내한다.

헌은 도미니카 섬에는 들르지 않는다. 배는 우편물을 내리는 동안만 로조에 잠깐 머물렀다고 책에는 쓰여 있다. 그러나 배에서 이상야릇할 만치 특이한 이 섬의 지형을 보고 호기심에 넘쳐 묘사했다. 뭐든지 흥미를 느끼는 사람으로, 남쪽으로 내려갈수록 선명하게 파란빛으로 출렁이는 바다를 보고 가슴 설레어한다. 마르티니크에서는 따뜻하고 비가 많은 열대기후와 토양에서 알차게 익은 과일과 채소를 먹고 그 맛과 조리법을 상세히 기술하기도 한다.

나도 페릭스 선생의 지도하에 주변에서 자라는 채소와 과일을 먹어보았다.

캐슈(cashew). 이것은 실제로 보지 않으면 이해가 안 되는 신기한 과일이다. 빨간 피망과 노란 피망 모양을 한 부드러운 과육은 독특한 쓴맛이 나는데, 차게 얼리거나 주스로 갈아먹거나 잼으로 만들어 먹으면 맛있다. 또, 피망 모양의 과일 위에는 구부러진 옥돌 같은 너츠가 짙은 녹색의 얇은 껍질을 입고 달랑 달려있다. 하나로 두 가지 맛을 즐길 수 있는 캐슈.

커피 열매. 씨 주위에 달콤한 과육이 얇게 붙어 있다. 선생 왈, 학교가 끝나고 집으로 돌아가는 아이들의 간식이라고 한다.

코코넛. 파란 놈은 막대기로 떨어뜨려 마체테(손도끼 모양의 칼—옮긴이)로 갈라서 즙을 마신 다음 잘라낸 껍질로 어린 열매를 떠먹는다. 근방에 떨어진 마른 것들은 반으로 갈라 하얀 속만 긁아 먹는다. 선생 왈, 이가 튼튼하지 않으면 그 맛을 즐길 수 없단다.

포메락(말레이 애플—옮긴이). 모양은 서양 배처럼 생겼고, 빨간 껍질에 과육은 하얗고 사과 맛이 나는 과일이다. 그대로 먹어도 맛있고 쪄서 먹어도 맛있다.

아몬드. 땅에 떨어져 있다. 날로 먹어도 맛있다.

레몬, 오렌지, 라임. 전부 열려 있다. 단 것도 신 것도 하나 같이 향이 강하다.

카카오 열매. 이것은 날로 먹으면 맛있을 리 없겠지만 궁금증이 발동해 입에 넣어보았다. 핑크색의 두부 맛.

그 외에도 사워솝(Soursop, 가시여지), 바나나, 구아바 등을 먹고 레몬글라스와 월계수 같은 향초의 향을 맡았다. 아구티라는 작은 동물도 보았다. 페릭스 선생 왈,

“수프로 끓여 먹으면 맛있어요.”

하지만 발이 매우 빠르다. 아구티를 잡아먹기는 쉽지 않다. 카사바, 코코넛을 구워 팔았던 원주민들에게 물어보니 발자국을 따라가 개를 풀어 구멍에서 잡으면 된다고 한다.

그 외에 삶거나 구워 먹는 것으로는 동과(冬瓜, 동아)와 비슷한 맛이 나는 뚱뚱하고 삐죽삐죽한 박(좀처럼 이름이 기억나지 않는다), 토란(dasheen), 빵 열매도 있다(타히티와 카리브 해를 잇는 이 먹을거리의 전래담은 소설보다 진기하므로 이후에 다시 이야기하자). 요리를 만든다면 카카오와 각종 향신료로 만든 소스를 뿌린 토종닭 구이, 라

임과 럼주로 요리한 생선찜이 적당하다.

16세에 카리브 해를 떠난 리스는 도미니카 섬의 기억을 소설 『어둠 속의 항해』(Voyage in the Dark, 1934)에 이렇게 썼다. 일부만 옮겨보자.

이따금 눈을 감고 난롯불이나 힘껏 끌어당긴 침대 시트의 온기를 태양열이라 생각해보았다. 돌아와 집 밖에 선 채 시장가에서 항구를 내려다보는 느낌도 가져보았다. 산들바람이 불면 바다는 무수한 스팽글이었다. 바람이 없는 날은 티루스(Tyrus)와 시돈(Sidon)처럼 보라색이었다(페니키아의 항구 도시 티루스와 시돈은 조개에서 얻은 보라색 염료의 산지로 유명한데, 그것을 가리키는 것인지는 잘 모르겠다). 시장가는 바람 냄새가 났고, 좁은 골목길에서는 흑인들이 연기와 라드(lard, 돼지기름)로 튀긴 솔티드 피시 케이크(소금에 절인 생선과 함께 튀겨낸 빵) 냄새가 났다(흑인 여자들이 시가지 공터에서 피시 케이크를 팔 때는 머리 위에 쟁반을 이고 다닌다. '솔트 피시 케이크, 맛있는 솔트 피시 케이크' 하고 큰소리로 외친다). 이상하게 다른 것보다 가장 먼저 생각나는 게 그것이었다. -거리의 냄새, 프랜지파니(frangipani, 열대지방의 꽃), 라임주스와 시나몬, 정향(정향나무의 꽃봉

오리), 생강, 시럽으로 만든 과자 냄새, 장례식과 성축일 행렬 뒤의 향 냄새, 이웃 외과병원 밖에서 줄을 선 채 기다리는 환자들, 바다에서 불어오는 바람 냄새, 그것과는 다른 육지에서 불어오는 바람 냄새.

어릴 적부터 책으로 읽은 영국이라는 파라다이스에 가기 위해 그녀는 이 향기 진한 초록 섬을 떠난 것이다. 파라다이스는 발견하지 못했다. 그 대신 춥고 어두운 회색의 나라가 있었다. 만년의 그녀가 어린 시절 도미니카에서 듣고 배운 파투아로 노래를 부른 녹음테이프가 남아 있다. 섬사람들의 노래와 말을 그녀는 평생 잊지 못한 것이다. 그리고 분명 그 향기도.

도미니카 물로 빤 손수건에는 지금도 놀랄 만큼 선명하게 꽃과 과일의 달콤한 향기가 배어난다.

대구의 세계여행

"솔트 피시 케이크란 게 어떤 거예요?"

도미니카 섬에서 물어보았다.

"진 리스가 쓴 책에 나오는데요. 옛날 도미니카 여인들이 머리에 광주리를 이고 "솔트 피시 케이크, 솔트 피시 케이크" 하고 외치며 팔러 다녔다던데……."

사람들은 고개를 갸웃거리며 나는 알아듣지 못하는 프랑스어 혼성어인 파투아로 의논을 시작한다. 그중 한 명이 눈을 반짝거린다. 아크라일 거야. 모두가 납득한다. 아크라야, 아크라. 그런데 아크라는 오전에 다 팔리는데……. 하하하! 이 일본인이 지금 아크라가 먹고 싶은 건가? 저기 레스토랑은 어때? 리스가 자란 로조가(家)는 지금은 여관이 됐고 커다란 망고 나무가 있는 뒷마당은 레스토랑이 됐을 거야. 리스? 물론 알지, 읽은 적은 없지만.

햇볕이 뜨거운 한낮, 돌이 깔린 울퉁불퉁한 길에 회반죽벽과 나무로 된 작은 문이 정겨운 로조의 거리를 걷는다. 그런데 그 여관은 이미 장사가 끝났고, 망고가 있는 뒷마당으로 통하는 문도 닫혀 있다. '유명한 도미니카의 소설가, 진 리스의 집'이라는 작은 간판과 당장이라도 떨어질 것 같은 광고 현수막이 비스듬히 걸려 있다. 탕 페르디. 파투아로 중얼거린다. 잃어버린 시간, 실패한 사업. 도미니카 섬에 딱 한 번 귀향했을 때의 일을 쓴 리스의 장편소설 제목이다. 페르디 탕. 그런 지명도 이 섬에는 있었다.

천장에 매달린 선풍기가 느릿느릿 돌아가는 오래된 로조의 여관에서 라프카디오 헌의 『서인도 제도에서의 2년』을 읽는다. 아크라에 대한 기술이 군데군데 눈에 띈다.

헌 선생 왈, 아크라는 작은 팬케이크 또는 프리터(생선, 채소 등을 밀가루 옷을 입혀 튀긴 요리-옮긴이)로, 안에 들어가는 고명으로는 으깬 대구 살이 대표적인데, 그 외에도 여러 재료가 쓰인다. 콩, 바닷가재, 닭고기 등 단맛이 나는 것도 있지만 짠맛이 기본이다. 한 개에 1센트로, 여자가 광주리에 담아 행상을 한다. 누구나 이걸 먹는다. 빨래를 직업으로 하는 여인이 마르티니크 섬의 맑은 물에 발을 담근 채 바위 위에서 아크라를 먹는다.

이것이 헌이 일본에 오기 전인 19세기 말 카리브 해의 이야기다. 지금은 세계 어디서나 볼 수 있는 패스트푸드가 이곳 도미니카 섬에도 들어와서 아크라 같은 옛날 음식은 존재감이 희박하다. 게다가 아크라는 아침에 먹는 간식으로 오후에는 다 팔리고 없다. 메뉴에 '생선'이라는 글자만 커다랗게 쓰여 있는 식당의 아가씨에게 물어도 아크라는 없다며 야속하게 외면할 뿐이다.

그래서 다음 날 아침식사에 아크라를 부탁했다. 밀가루로 반죽한 도우를 편평하게 펴서 기름에 튀긴 작은 팬케이크 모양의 빵에 달콤 짭짤하게 간을 한 생선 대구를 곁들인다. 저장용으로 소금에 절여서 말린 대구를 물에 불려 소금기를 제거한 다음 끓는 물에 데친다. 데친 대구는 물기를 제거해 방망이로 두들겨 살을 풀어준다. 풀어낸 살에 양념을 넣고 간을 한다.

그런데, 추운 바다에 사는 생선인 대구를 어떻게 카리브 해에서 먹게 되었을까? 그러고 보니 〈바베트의 만찬〉(1988년에 제작된 덴마크 영화)이라는 영화의 무대는 사람들이 날마다 말린 대구만 먹는 덴마크의 어느 시골이다. 원작은 덴마크의 작가 이작 디네센(Isak Dinesen). 이쪽도 대구만 먹는데, 왜 대구일까?

사실 대구에는 깊은 사정이 있다. 대구는 상처가 나기 쉬운 생선이지만 가공이 간단하다. 말리면 단단해지고 가벼워서 운반도 쉽고 맛이 응축되어 더 맛있다. 소금에 절이면 오래 두고 먹을 수 있다. 냉장고가 없던 시대에 먼 바다로 항해를 나갈 때나 먹을거리가 부족할 때 이보다 편리하고 보존성이 뛰어난 단백질원은 없었다. 캐나다의 뉴펀들랜드와 미합중국의 코드 곶(cape)이 대구로 유명해지기 훨씬 이전부터 노르웨이의 바이킹은 아이슬란드부터 그린란드, 캐나다 만(灣)에서 대구를 잡아 건조해 보존식으로 먹어왔다.

북극을 중심으로 한 지도를 보면 알 수 있는데, 이들 지역은 서로 이웃해 있다. 흥미로운 것은 스페인의 바스크인도 지중해의 소금으로 절인 대구를 오랫동안 즐겨 먹었다고 한다. 즉, 콜럼

버스가 '인도'를 발견했다며 카리브 해에서 흥분해 있을 무렵 대서양 동쪽에서 배를 타고 온 어부들은 이미 그가 말하는 '인도'의 북쪽 바다에서 열심히 대구를 잡아 가공하고 있었던 것이다. 한마디로 대구와 바이킹에게 '신세계'는 웃기는 이야기였다.

북유럽에서는 주로 대구를 그대로 말려 먹는데 지중해에서 먹는 소금에 절인 대구는 말린 것도 있고 말리지 않은 것도 있다. 지중해 소금을 북유럽에서도 값싸게 사먹을 수 있게 된 것은 17세기 이후다. 소금에 절인 대구를 프랑스에서는 '모뤼', 스페인에서는 '바칼라오', 이탈리아에서는 '바칼라', 포르투갈에서는 '바칼라우'라고 하는데 이들 나라에서는 가공하지 않은 생대구를 일컫는 말이 원래 없다.

품질에 까다롭기로 유명한 지중해에 수출하기에는 적합하지 않은 B급 대구는 카리브 해와 브라질 등에 수출되었다. 식민지의 대농원에서는 흑인 노예들에게 중노동을 견딜 수 있는 값싸고 영양가 높은 음식을 먹여야 했기 때문이다. 그리고 그곳에서는 당밀, 즉 설탕의 정제 과정에서 생기는 검은 액체가 럼주의 원료로 팔렸다. 서아프리카의 노예무역에도 말린 대구는 한몫했다고 할 수 있다.

이렇게 해서 삼각무역의 화살표에 오르게 된 대구는 '신세계'의 주요 산물 가운데 하나로 대서양을 건너 여러 지역에서 다양한 전통요리의 재료가 되었다. 북유럽, 지중해, 서아프리카, 카리브 해, 브라질 등에 지금도 대구 요리가 많은 것은 그런 이유에서다. 노예제도는 150년 전에 끝났지만 대구는 남았다.

그건 그렇고, 가방에 대구에 관한 책을 넣고 로조의 해안가를 걸어 페리 선착장으로 갔다. 청과 시장처럼 벽도 없는 함석지붕 밑의 대합실 겸 세관에서 잠이 덜 깬 듯한 공무원에게 여권을 보여주고 스탬프를 받았다. 눈을 바로 뜰 수 없을 만큼 강렬한 햇빛 속을 바다 쪽으로 걸어 나가 배에 올랐다. 꾸벅꾸벅 한 시간 반쯤 졸면서 호수 같은 카리브 해를 가로질러 마르티니크 섬에 도착했다. 도미니카는 영국령에서 독립한 나라로 영어가 공용어다. 마르티니크는 지금도 프랑스령으로, 공용어는 프랑스어다. 그러나 두 섬 모두 일상 회화는 파투아를 쓴다.

"파투아로 말하면 도미니카 섬 사람들과 문제없이 말할 수 있어요. 문제는 영어죠. 영어는 좋지 않아요. 당신도 영어로 말하지 말아요. 프랑스어로 말해요. '크레올어 연습장'을 샀어요? 하하하, 좋은 일이군요. 하지만 크레올(식민지, 특히 서인도제도에서 지배국의 언어인 프랑스, 영어 따위를 흉내내어 만들어진 언어－옮긴이)은 어려워요. 금방 외울 수 없죠. 상관없어요. 프랑스어로 말하면 돼요."

영어를 할 줄 안다고 해서 고용한 운전수 겸 가이드인 미겔은 이렇게 내게 프랑스어를 강권했다. 건어물처럼 딱딱하게 말라버린 나의 프랑스어 실력은 사전이 있으면 읽는 것은 어느 정도 도움이 되지만 듣고 말하기는 격화소양(隔靴搔痒. '신을 신고 발바닥을 긁는다'는 뜻으로, 성에 차지 않거나 철저하지 못한 데 대한 안타까움을 이르는 말－옮긴이)인 상황을 만들어내는 능력을 갖고 있다. 그래도 대화를 하다 보면 대구포에 물이 스며들듯 조금씩 예전에 배웠던 단어가 기억난다.

마르티니크에서는 이곳 섬 주민과 결혼한 일본 여성 테루코에게 아크라에 대해 물어볼 수 있었다. 테루코는 집에서 아크라를 만들 수 있다고 했다. 서둘러 요리법을 배웠다. 모뤼를 물에 불려 소금기를 제거하고 끓는 물에 데쳐 물기를 뺀 후 방망이로 두들겨 살을 풀어준다. 풀어낸 살에 양파, 마늘, 당근, 마르티니크의 고추를 잘게 썰어 넣고 드레싱으로 버무린다. 밀가루, 달걀, 우유, 베이킹파우더, 소금, 후추를 섞어 스푼으로 떠서 기름에 튀긴다.

영국에는 런던의 식료품 가게에도 피시 케이크가 있다. 감자와 플레이크 상태의 대구를 섞어 기름에 튀겨 겨우 모양을 낸 것으로, 재료의 맛이 제대로 어우러지지 않았다. 사쓰마아게(어묵)가 어떤 것인지 모르는 네덜란드인이 단편적인 정보를 바탕으로 가짜 사쓰마아게를 만든 것과 같다. 이것은 카리브 해의 간단하지만 맛있는 간식과는 다른 맛이다. 단, 대구와 감자는 유래에 맞는 조합이다. 감자보다는 토란이 좋다. 카리브 해라면 '다쉰'이다.

일본 북쪽 바다에서 잡아 올린 대구는 바짝 말린 다음 대구포로 만들어서 기타마에부네(北前船, 에도시대 화물 수송을 담당한 배-옮긴이)를 통해 간사이와 규슈로 운반되었다. 이 대구포와 에비이모(토란의 한 종류-옮긴이) 조림을 교토에서는 '이모보우(芋棒)'라고 한다. 크고 야성적인 카리브 해의 다쉰과 작고 부드러운 교토의 에비이모는 다른 듯하지만 전부 토란의 일종이다. 대구포와 토란을 같이 조리하면 아주 맛있다. 보편적 진실이란 대개 누군가에게만 진실일 뿐이지만 이 조림의 맛에 관해서는 거의 보편적이라고 해도 틀림없다.

자기 꼬리를 먹어 치운 도마뱀과 얼의 생선수프

마르티니크에서 배를 타고 스팽글의 바다를 건너 다시 도미니카로 돌아온, 잠이 마구 쏟아지는 밤. 활짝 열린 베란다 문으로 초록색 도마뱀 한 마리가 방 안으로 들어오더니 빙그르 빙그르 눈알을 움직이며 주위를 살핀다.

도마뱀이라면, 자연스럽게 헤스케스 벨(Hesketh Bell)이 떠오른다. 19세기 말에서 20세기 초엽, 그는 도미니카 섬의 식민지 행정관을 지낸 사람인데, 자신이 섬에서 본 도마뱀에 대해 묘사한 내용이 있다.

어느 날, 그가 앉아서 책을 읽는데 바로 옆에서 도마뱀이 파리를 좇고 있었다. 처음에는 조심스럽게 뛰어오르다가 차츰 대범해져서 자신의 발 위에 올라앉기에 손으로 잡았는데, 꼬리만 남기고 순식간에 도망쳐버렸다. 벨은 꼬리를 홱 던지고 다시 책을 읽기 시작했는데, 문득 돌아보니 개미떼가 이 성찬을 개미집으로 옮기려 하고 있고, 조금 전의 그 도마뱀은 숨어서 그 모습을 보고 있었다.

나의 작은 초록색 친구는 몇 인치 떨어진 곳에서 자신의 유실물을 가만히 지켜보고 있었다. 개미떼는 자신들의 집으로 먹이를 옮기기 위해 마지막 힘을 다하고 있었는데, 갑자기 도마뱀이 개미떼에 달려들어 자신의 잘린 꼬리를 낚아채더니 달라붙어 있던 개미를 털어내곤 아주 맛있다는 듯 꼬리를 꿀꺽 삼켜버렸다. 과학적 용어로는 이런 행위를 뭐라 부를지 모르지만 나는 도마뱀 외에 자신의 신체의 일부를 먹는 동물을 본 적도 들은 적도 없다.(Hesketh Bell, Obeah: Witchcraft in the West Indies, 2nd edition, 1893)

벨은 도미니카 섬에서 짧은 기간 동안 도로 건설과 원주민 거주지 확대 등의 많은 사업에 손을 댄 후 미국과 동남아시아에 부임했고 일본을 여행했다. 아마추어 인류학자였던 그는 카리브해를 포함해 각 지역의 문화와 동식물에도 흥미를 갖고 저서도 남겼다. 뛰어난 실력은 아니지만 소설도 썼다. 그의 가장 큰 관심사는 주술사와 열대어. 공무원치고는 괴짜다.

나의 작은 초록색 친구도 몇 인치 떨어진 곳에서 나를 곁눈으로 보고 있는데, 이 친구가 먹기에는 내가 너무 크다. 안심하고 둥근 달의 환한 달빛 아래서 잠을 자기로 했다. 적도에 가까운 지역일수록 해가 빨리 진다는 것은 사실이다. 가끔 알전구만 한 커다란 반딧불이의 불빛이 창밖을 가로지른다.

내일은 트리니다드 섬으로 간다. 친구를 만나러.

생선살을 발라내고 남은 뼈, 머리 등에 소금, 마당에서 딴 라임, 향초, 레몬그라스, 이 지역에서 나는 하얀 고추, 마늘 등을 듬뿍 넣고 다쉰이라는 토란과 같이 끓인다. 다쉰이 익으면 미리 삶아놓은 채소 바나나(플랜틴plantain), 오크라, 토마토를 더해 팔팔 끓인다. 트리니다드식 생선수프다. 간단하지만 무척 맛있다.

더 먹어도 될까.

"내 주특기 요리죠."

얼 러블레이스(Earl Lovelace)는 즐거운 듯 말한다. 트리니다드토바고(Trinidad and Tobago)의 수도 포트오브스페인(Port of Spain). 언덕 허리에 늘어선 주택가 한 편에 이 작가의 집이 있다. 꼿꼿하게 허리를 펴고 능숙한 솜씨로 채소를 자르는 그의 모습은 70대 중반의 노인이라고는 믿기 어려울 만큼 민첩하고 활기차다. 생각해보면 절로 고개가 숙여지는 사람이다. 피곤하다는 말은 절대 하지 않는다. 짜증도 내지 않는다. 뜻대로 되지 않는 일이 많을 텐데도.

카리브 해에 떠 있는 섬의 출신 작가들 가운데 섬에 계속 남아 있는 사람은 얼 정도다. 나머지는 모두 이 고요한 바다를 떠났다. 출판사, 서평지, 학회, 서점 낭독회, 화려한 문예 모임과 가까이 하려면 뉴욕이나 런던이 좋은 게 당연하다. 얼에게도 그런 선택지가 있었을 것이다. 그러나 그는 거의 반세기 동안 이 섬에 살며 글을 쓰고 있다.

"당신 말은 알겠어요. 그래서 나는 포트오브스페인에서는 하루에 한 가지 일만 하죠. 가령 나는 오늘은 생선을 사요. 그 외의 일은 생각하지 않아요. 생선을 사러 그 가게에 간다, 그것이 내가 할 일이죠."

오늘은 대학 도서관에 가서 그 책을 복사하고, 국립고문서관에서 신문을 확인하고, 우체국에 가서, 하는 식이다. 여러 일을 동시에 해결하기 위해 안달하고, 그러다 보면 어쩔 수 없이 일 하나하나에 시간이 걸리는 것에 질려 하는 내게 그는 그렇게 말했다. 얼은 절대 설교하지 않는다. 매우 친절하나 간섭은 없다. 그의 집에 머무는 나나 같은 집에 사는 두 아들에게도 신경 쓰지 않는다. 아드님은 오늘 집에 들어오나요? 밥은 먹었을까요? 남겨 두지 않아도 돼요? 쓸데없이 신경 쓰는 내게 질렸다는 듯 그가 말한다.

"아들은 본인이 하고 싶은 걸 하죠."

정답이다. 그럼 더 먹어야지.

이 집에 며칠 신세를 지게 되었기 때문에 나의 '악어' 잡는 방법을 설명했다. 다른 집에 신세를 질 때 나는 식사에 대해서는 기본적으로 되는 대로 한다. 밖에서 적당히 먹거나, 지어 먹거나,

사오거나. 만일 그 집에 남은 음식이나 식사 준비가 되어 있어서 내게 주려고 하면 기꺼이 먹는다. 호주 원주민 마을에서도 그렇게 하니까. 악어를 잡으면 나머지를 나눠 받는다. 자신이 잡으면 물론 나눠 준다. 잡지 못하면 그냥 참거나 감자라도 캔다.

그렇게 말하자 작가는 그렇군, 그럼 악어를 잡으면 주죠, 하고 웃었다. 가즈에, 오늘 간 곳에서 악어를 나눠 주었으니 먹읍시다, 하고 카레가 든 도시락을 봉투에서 꺼냈다.

악어 분배는 잘 해결되었지만 13년 만의 신작 소설이 곧 완성되려는 시기에 작가의 자택 2층을 기꺼이 내어주고 생선수프까지 끓여 먹이는 것은 작가의 생활 상식에서 생각했을 때 말이 안 되는 이야기인데 그는 전혀 개의치 않는다. 오히려 내가 지나치게 사양해 모 기독교 전도단이 준비한 지저분하고 값싼 여관에 투숙하는 것이 더 신경 쓰인 듯 천식이 도져 거친 소리로 안 된다고 억양을 높였다. 그러고는 나는 처음부터 안 된다고 생각했다며 기꺼이 마중을 나와주었다. 이혼한 부인과 딸들이 가까이 살면서 자주 왕래하는 모습도 유쾌하다. 도미니카 섬 원주민 카리브 족의 '여자 집'과 '남자 집' 같다.

더욱 유쾌한 것은 항상 열려 있는, 방충망도 없는 작가의 집 창문으로는 친구와 가족뿐 아니라 여러 것들이 자유롭게 드나든다. 박쥐가 휙 날아와 멋지게 나를 피해서 유턴해 되돌아 나간다. 작은 새도 기세 좋게 날아와 부리로 이것저것 마구 쪼더니 나간다. 주방의 남은 음식을 노리고 개미 대열이 행차한다. 집의 넓은 발코니와 마주한 경사면은 계곡물이 흐르는 대숲으로 보기만 해도 기분 좋은데, 당연히 각종 벌레 제군에게도 이곳은 최적의 환경이다. 2층에 누워 있는 나를 목표로 건강한 모기가 요란한 소리를 내며 돌진한다. 이걸로 모기를 쫓으면 좋아요, 하고 아들 중 하나가 커다란 선풍기를 빌려준다. 맞아요, 그렇게 하면 좋아요, 매일 만나는 택시 운전사 베이커도 말한다. 하지만 내 피가 맛있는지 모기는 강풍에도 꺾이지 않고 열심히 달려들었다.

발코니에서는 모기의 기세가 더욱 대단한데, 여기저기 물리면서 먹어도 이 생선수프는 정말 맛있다. 이렇게 맛있는 생선수프는 솔직히 먹어본 적 없다. 접시도 작으니까 한 접시 더 먹어도 되겠지?

내일 일정은요? 내가 묻자 내일 무얼 할지 몰라요, 하고 얼은 말한다. 생각도 하지 않는 것이다. 물론 그는 글을 쓰고 있다. 그러나 마음이 내키지 않으면 쓸 수 없다, 그게 당연하다, 라는 것이 그의 자세다. 나는 일을 쉬는 인간을 좋아해요. 얼이 말한다. 매일 일하러 오기로 되어 있는데, 매번은 아니고 가끔 오늘은 오지 않고 쉰다, 그런 인간을 보면 좋구나, 하는 생각이 들어요. 나와 비슷하다, 하고.

그에게 진 리스 이야기를 했다. 원고를 보면 알지만 진은 단편 하나도 때로는 10번 넘게 수정을 하는데 하나하나는 그리 다르지 않아요, 읽어봐서 조금이라도 흐름이 좋게, 단어 하나도 느낌이 다르지 않게 여러 번 고쳐 쓰죠, 하고 말하자 나도 그래요, 크게 다르지는 않지만 여러 번 고쳐 쓰죠, 하고 얼은 고개를 끄덕인다. 그의 소설 『드래곤은 춤을 출 수 없다 The Dragon can't Dance』를 번역했을 때를 떠올리며 나도 고개를 끄덕였다. 후일, 영어권 아프리카계 작가들의 작품을 40년 넘게 출판해온 편집자 마가렛 버즈비를 만났을 때 그녀 역시 고개를 끄덕였다. 얼은 원고가 더뎌요. 편지도 더디고. 뭐든 좋으니까 연락하라고 했더니 직접 쓴 편지를 보낸 적이 있어요. 정확히 쓰려니 더딘 거죠.

원고도 미세한 부분, 가령 단어 하나를 요건 빼고 이걸로 바꿔줘요, 하고 말하죠. 하지만 그게 얼이니까. 맞아요. 그게 얼이에요.

그가 만드는 것은 정곡을 찌르면서도 미세하지만 자유자재로 살아 움직여 호흡하기 때문에 말로 표현할 수 없을 만큼 감칠맛이 난다.

트리니다드를 떠나기 전 얼의 집에서 작별인사를 하며 나도 모르게 "근데 생선수프는 더 없나요?" 하고 물었다. 그러고 보니 식사 때군, 하고 얼은 얼른 다시 만들어주었다. 미안해하면서도 한 접시 더 부탁해 먹었다. 이것으로 얼의 생선수프를 총 여섯 접시나 먹어 치운 셈이 된다. "생선수프를 좋아하는군" 하고 작가는 웃었다. 이렇게 아름다운 사람을 지금껏 본 적이 없다.

미스터 베이커의 망고

약속 시간 30분 전부터 얼의 집 앞 나무그늘에 베이커의 택시가 서 있다. 베이커는 두 다리를 올린 채 잠을 자고 있다. 날씨가 화창한 날이다. 햇볕은 이미 뜨겁지만 아침의 나무 그늘은 서늘하고 기분 좋다. 베이커는 깊이 잠들어버렸다.

카리브 해의 동남쪽 소(小) 앤틸리스 제도에서 가장 남쪽에 있는 섬나라 트리니다드토바고는 산유국이다. 자동차가 많은 수도 포트오브스페인의 간선도로는 매우 혼잡하다. 차가 밀려 도로에서 시간을 낭비하는 게 싫은 베이커는 일찌감치 도착해 이렇게 한숨 자는 것이 좋다고 했다. 미스터 베이커! 하고 부르자 벌떡

일어나 동그란 눈을 크게 뜨며 바로 떠날 채비를 한다. 성실한 사람이다. 시간에 늦지 않는다. 열심히 일한다. 물론 그렇다곤 해도 목숨 걸고 일하는 일본인과는 크게 다르지만.

영어권 나라의 택시 운전사는 내가 아는 한 대개 퍼스트 네임으로 자기소개를 하는데 베이커는 그렇지 않다. 그의 명함에는 커다랗게 '미스터 베이커'라고 쓰여 있다. 그래서 나도 그를 '미스터 베이커'라 부른다.

베이커는 토바고 섬 출신이다. 베네수엘라 북동쪽 앞바다에, 마치 이 부츠를 주목! 하고 말하는 듯 본섬을 향해 돌진하는 가늘고 기다란 모양의 자그마한 섬이 있다. 그것이 토바고 섬이다. 본섬보다 한가로운 섬으로, 농업이 주업이다. 내가 며칠 전부터 2층에 묵고 있는 이 집의 주인 얼 러블레이스도 어릴 적에는 토바고 섬의 친척 집에서 살았다. 첫날, 나를 태우러 왔던 미스터 베이커가 마중 나온 얼에게 인사를 하자(미스터 베이커도 물론 얼 러블레이스를 알고 있다. 어쨌든 얼은 섬에서 가장 유명한 작가로, 신문에도 나왔다) 얼은 바로 "토바고 섬 사람이군요" 하고 말했다. 이게 토바고 사투리인가? 주의해서 들어보니 미스터 베이커의 어투는 확실히 포트오브스페인 사람과 달리 촌스러운 느낌이 든다.

미스터 베이커는 공항에서 손님을 태우면 플라스틱판에 끼운 요금표를 보이며 포트오브스페인 시내까지 가면 얼마, 케스케이드까지는 얼마, 하고 요금을 가르쳐준다(물론 이 섬의 택시에는 미터기가 달려 있지 않다). 미국 달러로 된 요금표를 트리니다드토바고 달러로는 얼마라고 친절하게 설명해준다. 안전운전, 거스름돈 흥정 없는 요금표대로의 가격. 영수증을 부탁하면 출발지와 도착지, 요금, 날짜, 자신의 이름(풀 네임)을 꼼꼼하게 적어준다. 한번은 날짜가 틀려서 지적하자 옷! 하고 눈을 동그랗게 뜨며 바로 고쳐주었다.

어디서나 이런 운전사를 만나는 것은 아니다. 나는 차를 운전하지 않기 때문에 대중교통이 발달하지 않은 지역에 가면 가장 먼저 나의 발이 되어줄 교통편을 확보하는 것이 급선무다. 지인이 시간적으로 여유가 있으면 부탁하기도 하지만 상대의 형편에 맞춰야 하기 때문에 의외로 번거롭다. 자동차 한 대 지나지 않는 사막이나 악어들이 득실대는 습지대에서는 그곳에 사는 사람의 호의에 의지할 수밖에 없지만 이용할 수 있는 상황이라면 택시가 제일이다. 운전사와 세상 돌아가는 이야기를 나누는 재미도 있다. 그러나 어떤 운전사를 만나느냐는 운에 달렸다.

푸에르토리코(Puerto Rico) 공항에서 탄 택시의 젊은 기사는 깨진 아이폰을 손에서 내려놓지 않고 쉴새없이 통화하며 신호까지 무시한 채 운전해 화를 냈더니 영수증에 금액도 쓰지 않고 내던지다시피 했다. 미국 중서부에서는 골이 흔들릴 정도로 크게 틀어놓은 랩 음악에 맞춰 여기저기 피어싱을 한 몸을 들썩거리며 한 마디도 하지 않는 거대한 체구의 브라더를 불안한 마음으로 지켜보아야 했다. 또 비오는 날 시드니에서는 커다란 짐 가방을 들고 겨우 잡아탄 택시에서 "일본인은 왜 많은 신을 믿으면서도 마음의 평안을 얻지 못하느냐"는 이슬람교도 청년 운전사의 질문이랄까 비판에 목적지를 잃어버릴 만큼 격렬한 논쟁을 벌였다. 런던에서는 길을 잘못 들면서도 이 나라의 인간들은 모조리 썩었다고 한탄하는 펀자브(Punjab) 출신의 기사를 피곤해 까무러칠 만큼 격려해주어야 했다. 남인도에서는 꽃미남 기사가 하는 말이 사실은 영어라는 것을 알기까지 상당한 시간이 걸렸고, 멜버른의 소말리아인 기사는 갑자기 목적지와 반대 방향으로 달리며 헤헤헤 하고 얼버무리는 것을 야단친 후 달래면서 같이 지도를 보고 간신히 목적지를 찾아갔다. 그런 일이 종종 있기는 하지만 지폐를 건네자 일본인은 좋은 사람이다, 내 여동생도 일본인이 세워준 학교에 다녔다, 고맙다, 고맙다 하고 말한다. 미처 받지 못한 거스름돈을 재촉해 회수하는 데까지는 겨우 성공했지만 부탁한 입구에서 상당히 떨어진 곳에 내려준 것 같아 주위를 둘러보는데 택시에서 내린 순간 그는 손님을 버리고 생글생글 웃으며 엄지손가락을 세워 승리의 포즈를 지어보였다. 어쨌든 파이팅.

그런 이유로 나는 미스터 베이커에게 일주일 동안 대학 도서관에 다녀야 하는데 괜찮다면 아침에 대학까지 데려다주고 저녁에 데리러올 수 있느냐고 제안했다. 그는 매일 정확한 시간, 아니 약속시간보다 빨리 와서 말뚝잠을 자며 나를 기다려주었다. 해질녘 대학으로 데리러 오기 전까지는 공항과 시내를 오가는 손님을 태운다. 성실한 사람이다.

나는 돈을 잘 벌어요, 작지만 집도 샀죠. 괜히 여기저기 어슬렁대거나 강도짓 하는 녀석들과는 달라요, 하고 미스터 베이커는 자랑한다. 강도는 아주 많아요. 매년 늘죠. 대학 주위를 걸어선 안 돼요. 요즘에는 대학가가 아주 위험하거든요.

미스터 베이커는 포트오브스페인의 거리를 혼자 어슬렁거리는 내가 염려스러운 듯 길에서는 가방을 단단히 들어라, 멍하니 다니지 말고 주위에 신경 써라, 어두워지기 전에 집에 들어가고 밤에는 돌아다니지 마라, 위험한 곳에는 가지 마라, 하고 주의를 준다. 또, 밥은 페리 선착장 옆 노점이 맛있다, 미국인 호텔은 별로다, 우리 집 망고를 줄 테니 먹어봐라 맛있다, 하고 말해준다. 미스터 베이커가 준 망고는 정말 꿀맛이다.

이게 우리 집 망고예요. 스타치 망고라서 아주 맛있죠. 미스터 베이커는 그렇게 자랑하며 처음에 망고 4개를 주었다. 정말 맛있어요. 그러자 다음에는 12개가 든 자루를 들고 왔다. 먹어봐요, 맛있으니까. 자, 여기 이렇게 많아요, 하고 그는 운전석 아래를 가리켰다. 일찍 딴 망고를 완숙시키기 위해 여기에 넣어두죠.

망고는 인디아 대륙(인도 반도)에서 오래 전부터 재배된 과일로 동아시아, 아프리카, 카리브 해, 남미로 전해졌다. 트리니다드 사람이 스타치 망고라 부르는 것은 인도계 이민이 갖고 온 망고일 거라고 생각하는 사람도 있다. 트리니다드 섬은 소(小) 앤틸리스 제도에서 유일하게 인도계 이민이 인구의 40퍼센트를 차지하는 섬으로, 식문화에도 인도의 영향이 짙게 배어 있다. 인도인이 사페다(Safeda, 힌두어로 '하얀색'이라는 의미–옮긴이)라 부르는 노란색의 자그마한 망고가 스타치 망고라는 설도 있다. 사진을 보면 확실히 사페다는 미스터 베이커의 망고와 닮았다. 스타치 망고는 열매가 밝은 노란색에 진하고 달콤한 맛이 나며 섬유질이 많은데 나무에서 따서 며칠간 숙성시키면 단맛이 더욱 강해진다. 그 사이에 과일의 전분질이 가용성 당분으로 변화하기 때문이란다. 그러나 트리니다드토바고 사람들에게 스타치 망고냐 아니냐는 달콤하고 맛있는 그것이냐 아니냐의 문제다. 스타치 망고래요 하고 얼에게 노란색 열매를 보여주자 그런가? 하고 먼저 냄새를 맡은 다음 먹어보더니 진짜 스타치 같은데 라며 약간 억울한 듯 말했다. 얼의 집에도 망고는 있지만 스타치는 아니다. 스타치가 아니란 것은 그만큼 맛있지 않다는 얘기다.

미스터 베이커의 망고는 부드러워서 아이스크림 같다. 반으로 갈라 껍질을 벗긴 다음 그대로 입에 넣고 빨듯이 먹는다. 라프카디오 헌은 마르티니크 섬에서 망고를 먹는 모습에 대해 다른 사람에게 선뜻 보여줄 만한 것은 아니라고 썼는데 정말 그렇다.

흔히 볼 수 있는 종류의 망고를 먹으려면 끈적거리고 힘없이 뭉그러져서 쉽지 않다. 과육의 안쪽을 마치 씨에 꿰매놓은 것처럼 섬유질로 착 달라붙어 있다. 하지만 재배종 망고는 질이 좋고 과육이 두꺼워 베어낼 수 있기 때문에 여기저기 즙을 묻히거나 요란스럽게 빨아먹지 않아도 된다.

미스터 베이커의 망고가 그렇다. 그래서 그의 망고는 분명 재배종일 거라고 생각하지만 역시 씨에 섬유질이 촘촘히 감겨 있어서 먹으려면 끈적거리고 흐물흐물한 그 작업에 몰두하면서 여기저기 즙을 묻히고 요란한 소리를 내며 후룩거릴 수밖에 없다. 그러나 그런 행위의 문제는 전혀 신경 쓰이지 않을 만큼 이 망고, 정말 맛있다.

미스터 베이커의 차 운전석 옆 천장에는 여우 꼬리를 본뜬 장난감과 예쁜 리본으로 테두리를 두른, 잡지에서 오려낸 오바마 대통령의 사진이 매달려 있다. 왜 여우 꼬리와 오바마를?

“여우는 영리하죠, 오바마도 영리해요. 나는 여우와 오바마처럼 영리해질 거예요” 하고 말한다.

“이건 내 부적이에요. 트리니다드에서 나 외에는 아무도 없는 부적.”

아마 전 세계에서 당신 말고는 아무도 갖지 못한 부적일 거라고 하자 헤헤헤 웃는다. 〈굿 모닝, 집중! 글래디에이터〉라는 라디오 프로그램의 진행자가 매일 아침 탁하고 위협적인 목소리로 미스터 베이커 차 안의 라디오에서 호통을 친다. 오후에는 〈굿 애프터눈, 집중!〉으로 바뀐다. 미묘한 리듬을 살린 굵직한 목소리의 글래디에이터와 지역 주민의 대화를 듣다 보면 웃어야 할지 짜증내야 할지 모르겠다. 전화를 거는 사람들의 사투리나 교육 정도는 제각각인데 아무튼 그런 아줌마나 아저씨가 지금의 정부는 안 된다, 방금 그 전화는 뭐냐, PNM(인민국가운동당)은 우리 할아버지 대부터 우리들의 정권이다, 내 밭을 어떻게든 해달라, 월급을 올려라, 하는 식으로 시끄럽게 떠들어댄다. 글래디에이터의 의견도 지극히 단순해서 PNM을 나쁘게 말하는 인간은 악마다, 지옥에나 떨어져라, 하는 게 전부다. 그런 말들을 다채로운 비유와 갑자기 콰광 울렸다가 중간에 뚝 끊어지는, 어이없을 정도로 세련되지 않은 엉성한 배경음악을 곁들어가며 떠들어댄다. '이곳은 일본도 아니고, 제2차 세계대전도 아닌데…….' 이것이 전부 트리니다드토바고의 선거 이야기다.

저녁, 마당에서 진드기에게 물린 개에게 약을 발라주는 얼에게 프로그램 이야기를 하자 "아아, 글래디에이터? 그 인간하고는 나도 예전에 이야기를 한 적이 있어요" 하고 말한다. 우드포드 광장에서, 거기서 모두 정치 이야기를 했죠. 그 인간은 의욕은 넘치지만 영리하질 못해. 그래서 이야기는 그걸로 끝.

미스터 베이커도 "글래디에이터는 영리하지 못해요" 하고 말한다.

"전화를 거는 사람들도 멍청한 이야기만 하죠. 정치를 말하는 친구가 있어도 나는 듣기만 할 뿐 내 의견은 말하지 않아요. 누가 정권을 잡건 크게 다르지 않으니까."

말은 그렇게 해도 미스터 베이커도 선거에 무관심한 것은 아니다. 항상 PNM을 지지하지만 이번에는 진다, 하고 미스터 베이커는 말한다.

"가만히 있었으면 앞으로 2년 반 동안 정권을 잡을 수 있는데, 총리가 스스로 총선거를 실시했어요. 자기 탓이죠 뭐. 가이아나 대통령은 훌륭해요. 지적인 남자죠. 경제를 아는 학자예요. 트리니다드는 그런 사람이 필요해요. 오바마 같은 남자가……."

"초대 총리로 역사학자였던 에릭 윌리엄스(Eric Williams, 1956~62년 재임) 같은?"

"그래요, 윌리엄스 박사요. 그는 영리한 남자였죠. 훌륭한 사람이에요."

글래디에이터가 소리친다.

"이 사람들은 전부 성 베네딕트 산에 가서 회개해야 한다. 수행하고 바른 생각을 하라."

오오, 성 베네딕트 산! 어제 그곳에 갔었어요. 수도원 레스토랑에서 대학 사람들과 식사를 했죠. 그곳에서는 요구르트도 만들죠. 지난번에 슈퍼에서 샀는데, 그곳의 아몬드맛과 패션후르츠맛 요구르트는 정말 맛있어요.

"내 망고가 제일 맛있어요."

미스터 베이커가 말한다.

프랑스 요리에 관한 고찰

오랫동안 프랑스 요리에 대해 막연한 의심을 품고 있었다. 왠지 석연치 않은 기분이 들었다. 왜 프랑스 요리는 그렇게 거룩할까. 어떻게 야만인, 아니 만인이 프랑스 요리 앞에서 넙죽 엎드리게 하는 아우라를, 적어도 최근까지 발할 수 있었을까.

일반적인 백과사전이나 위키피디아를 보면, 16세기까지는 소박했던 프랑스 요리가 앙리 2세와 결혼한 메디치 가문의 카트리느가 데리고 온 전속 요리사에 의해 로마제국 이래의 이탈리아식 요리가 들어오면서 바뀌었다. 17세기 궁정에서는 이것이 세련되고 호화로운 음식으로 인식되었고 18, 19세기에는 유럽과 유럽을 동경하는 땅(러시아 그리고 일본)의 궁중과 국제행사에서 정찬=프랑스 고급요리의 전형이 되었다. 그런데 이것은 프랑스 각지의 지역색 강한 향토요리와는 다르다. 프랑스 혁명이 자유·평등·박애라는 미명 하에 국민=국가 즉, 전원 표준 프랑스어를 구사하는 프랑스인이 되라고 강요하며 마이너리티 사투리를 뭉개버린 것과 고급 프랑스 요리의 패권은 어떤 의미에서 같은 사고방식이 아닐까.

좀 더 말하면, 프랑스뿐 아니라 현재 유럽과 영국 요리에서 주역을 맡고 있는 많은 식재료가 애초에 유럽에는 없었던 것이라는 사실을 잊어서는 안 된다. 감자, 토마토, 초콜릿, 너트메그(Nutmeg, 육두구), 후추, 커피, 설탕 같은 것들을 마리 앙투아네트나 그녀의 친구, 자손이 넉넉하게 먹을 수 있었던 것은 서양인들이 이들 식재료를 남미와 카리브 해, 아프리카, 남·동남아시아의 식민지에서 비서양 노동자를 노예나 막일꾼으로 부리며 그들의 노동력을 착취해서 얻었기 때문이다. 이렇게 보면 서양 요리의 전통이란 것이 대체 무엇인지 생각하지 않을 수 없다. 베르사유 궁전의 식탁은 은식기 하나부터 식후 입에 무는 시거에 이르기까지 피로 얼룩진 식민지 착취의 산물이다.

이런 말을 하면 내가 프랑스 요리를 싫어할 거라 생각할 텐데, 물론 그렇지는 않다. 맛만 있으면 뭐든지 잘 먹는다. 그러나 오랫동안 품어온 프랑스 요리에 관한 나의 막연한 의심은 카리브 해의 프랑스 해외령 마르티니크 섬에서 다시 불붙었다. 완전 불타올랐다. 더웠다. 참을 수 없을 만치. 그리고 가려웠다.

바다가 바라보이는 언덕 위에 지어진 식민지 시대의 저택. 사방으로 난 테라스에서는 가지런히 정돈된 초록의 넓은 땅이 눈에 들어오고, 테라스를 따라 이어지는 넓은 식당의 기둥들 사이로는 식탁 위 촛불보다 훨씬 강한 빛을 발하는 거대한 달이 보인다. 그곳에서 오랜 시간 먼 길을 달려 프랑스에서 운반된 와인과 크레올 풍의 악센트가 더해진 프랑스 요리를 먹는, 그림에 나오는 듯한 경험이 실제 어떤 것인지 샬럿 브론테의 소설 『제인 에어』(1847년)에 그 분위기를 잘 말해주는 문장이 있다.

공기가 마치 유황 증기 같았소. 어디서도 기분을 상쾌하게 해줄 만한 것을 찾을 수 없었소. 모기들이 시끄럽게 안으로 들어와 방 안을 음울하게 윙윙거리며 돌아다녔소. 바다 소리는 지진처럼 둔탁하게 우르르 소리를 냈소. 새까만 구름이 그 위로 끼기 시작했소. 달은 뜨거운 포탄처럼 크고 붉게 파도 속으로 가라앉고 있었소. 달이 태풍의 소란스러움으로 떨고 있는 세상 위로 마지막 핏발 선 눈길을 던졌소.

기본적으로 추운 영국 이야기다. 그런 『제인 에어』에 카리브 해의 열대야를 묘사한 장면이 있다. 대략 다음과 같은 내용이다.

옹고집이라 할 만큼 성실하고, 미인은 아니지만 담력이 센 고아 가정교사 제인 에어를 좋아해 구혼까지 하게 된 부자 로체스터 경. 카리브 해는, 죽은 줄 알았던 첫 번째 아내를 다락방에 숨겨둔 것이 탄로나면서 자메이카 섬에서의 결혼과 파탄 경위를 고백하는 회상 장면이다. 정신 이상으로 말을 하지 못하는 다락방 사모님은 자메이카 출신의 크레올 백인, 즉 식민지에서 태어나고 자란 백인이다. 백인인데, 당시 백인이 믿었던 대로 몸과 마음이 건강하고 우수해야 하는데도, 집안 식구는 전부 알코올 중독에 정신병자다. 모든 것이 흑인노예가 득실거리는 덥고 무시무시한 자메이카 때문이다, 라고 로체스터는 말한다.

『제인 에어』의 자메이카 묘사는 베케의 『어둠의 심연』 증후군의 좋은 예라고 오랫동안 나는 믿어왔다. '베케'는 카리브 해에서 백인을 가리키는 말로, 딱히 차별적인 의미는 없다. 그리고 『어둠의 심연』은 폴란드인 작가 조지프 콘래드(Joseph Conrad)가 아프리카 콩고를 무대로 쓴 영어 소설로, 어릴 적 번역본을 몇 번이나 읽다 말았다. 아무튼 그 책만 보면 조바심이 났다. 토인들의 북소리와 함께 뭔가 일어날 것 같은 무서운 분위기만 고조되다가 결국 보물찾기도 표류도 식인도 난투도 없는, 어린아이에게는(아이에 따라 다르지만) 실로 유감스러운 이야기였다. 『어둠의 심연』의 자세한 해석이나 서양문학과 토인의 관계에 대해서는 생략하기로 한다. 아무튼 베케는 점점 망상에 사로잡히기 때문에 '열대' 하면 그런 공포와 무더위가 떠올랐다.

그러나 마르티니크에서 나의 그런 생각이 조금 바뀌었다. 둥둥둥 북소리, 앵앵대는 모기 소리, 끈적하고 무더운 열대의 무서운 밤은 실제로 존재했다. 단, 그 분위기를 고조시킨 것은 토인이 아니라 베케였다. 베케의 생활양식이 문제였다.

요리도 대충 먹고 에어컨이 있는 다락방으로 도망칠까 생각했지만 가지 말라는 조언을 거스르고 스스로 이 상황을 자처한 것이라서 오기로라도 평소에는 쓰지 않는 휴대식 모기 퇴치 약물 장치를 구사해서라도 끝까지 전부 먹기로 결심했다. 마르티니크 섬의 모기는 뻔뻔하고 끈질기다. 탁 하고 쳐서 피가 벽에 묻은 걸 보고 죽었구나 싶었는데 어느새 윙 하고 소리를 내며 도망친다. 이건 도쿄에 있는 나의 좁고 초라한 집 주변에 서식하는 '모기주의'라 써 붙이고 싶을 만큼 흉악한 각다귀에 필적하는 강력한 녀석들이다. 모기는 사람이 많고 건물이 많고 살충제도 많은 곳에서 번식해 강해진다. 마르티니크는 카리브 해의 섬이지만 프랑스다. 말하자면 프랑스 정부의 돈으로 섬의 살림을 꾸려가는 프랑스 해외령이다. 말끔하게 포장된 도로와 고층 주택, 대형 슈퍼, 고급식료품점 지점까지 있다. 세계에서도 보기 드물 정도로 사람의 손이 닿지 않은 자연 그대로의 나라, 즉 개발이 안 된 이웃의 빈곤 독립국 도미니카와는 완전히 다른 세계다.

그래서 로체스터는 아마 영국령 식민지 시대의 자메이카에 와서 '야만인이 아니라면 예의바르게 행동해야 한다고 말한 건 당신이잖아'라는 분위기를 풀풀 풍기는, 영국식 하인 복장으로 말끔하게 차려 입은 흑인 하인 앞에서 짧은 반바지 하나 입지 못하고 옷깃을 꼿꼿이 세우고 앉아 땀을 줄줄 흘리고 모기에게 물려가며 미적지근한 와인과 뜨거운 육즙이 떨어지는 고기구이와 씨름해야 하고, 브랜드 소스에 커스터드 크림이 모락모락 김을 내는 질척하고 뜨끈한 푸딩까지 식탁에 오르는, 그런 생활에 화가 난 것이 아닐까. 어때요, 로체스터 씨?

마르티니크에서 예전 대농원주가 살았던 땅이 그대로 남아 있는 저택을 보고 싶다는 생각을 한 것이 일의 시작이었다. 비수기의 이 호텔이라면 예산 내에서 그 희망을 이룰 수 있을 거라고 가장 저렴한 다락방을 예약하기 위해 메일을 보냈다. 그런데 주인 로즈만 씨로부터 어이없을 정도로 냉담한 답장을 받았다.

이곳은 당신 같은 일본인 관광객에게는 맞지 않습니다. 서핑이나 다이빙하기에 좋은 해안도 아니고, 일본어를 말하는 직원도 없습니다. 쇼핑하기에도 불편합니다. 당신은 다른 섬으로 가야 합니다.

나는 다시 답장을 썼다.

'무슈 로즈만, 나는 일본인이지만 서핑이나 다이빙·쇼핑을 하기 위해 마르티니크에 가고 싶은 게 아닙니다. 마르티니크 섬에 대해 쓴 라발레트 신부(Antoine de Lavalette, 프랑스 예수회 성직자. 마르티니크 섬의 수도원장-옮긴이)와 라프카디오 헌, 에메 세제르(Aime Cesaire, 마르티니크 시인·평론가-옮긴이)의 책, 그리고 이웃 섬에서 소녀 시대를 보낸 진 리스가 펠레 산의 분화와 카리브 해의 파리로 불렸던 세인트 피에르(Saint Pierre) 도시의 궤멸에 대해 쓴 글을 읽고 섬의 문화와 풍토를 직접 보고 싶었기 때문입니다.'

'마담 나카무라, 당신의 여행에 대해 이제 이해가 되는군요. 나는 크레올 작가는 잘 모르지만 헌은 좋아합니다. 헌이 즐겁게 보냈던 프랑스령 카리브 해를 보고 싶어 하는 당신의 희망은 나의 호텔에서 이루어질 겁니다.'

오래 전 광대한 사탕수수 농원이었던 터에 지어진 저택은 '데스포앵트' 성으로 불렸다. 왕당파였던 최초 소유주가 프랑스 혁명으로 토지를 빼앗겨 그 대부분이 지금도 섬의 유력자인 백인(베케) 일가 위그 데스포앵트 가(家)에 매각되었기 때문이다. 1970년대 후반까지만 해도 몇 대인지는 모르지만 아무튼 성의 여주인이 광대한 과수원과 자신의 채소밭, 약간의 가축들, 그리고 대지 안에 있는 샘물을 식량으로 삼으며 하인 한 명과 살았다고 한다. 마치 리스의 소설처럼. 그 여주인이 죽은 후 저택의 문은 닫혀버렸고 돌보는 사람 없는 농원에는 야생 덩굴식물과 열대 초목만이 무성해져 유령 저택이라는 소문이 돌게 되었다.

우여곡절을 거쳐 그 땅을 입수해 예전의 화려한 저택을 방불케 하는 호텔로 바꾼 로즈만 씨 역시 섬의 오랜 가문의 후예다. 1960년경에 섬에 끌려온 노예 여성과 주인 사이에서 태어난 '자유로운 컬러드(노예 신분에서 해방된 혼혈인–옮긴이)'가 선조라고 한다.

"그의 아버지가 아들을 노예 신분에서 해방시키고 교육도 받게 한 것은 그 시대에는 놀라운 일이었다. 법적으로 결혼하는 것이 어려웠던 백인 아버지의 애정의 증거일 것이다"라고 로즈만 씨는 저택의 유래를 설명하는 안내문에 적고 있다. 백인 역사 문화의 장점도 기억되어야 한다는 그는 자신을 노예 흑인의 핏줄이라고 하면서도 백인의 혈통이라 생각하는 것 같았다.

이곳은 당신과 맞지 않다. 무슈 로즈만, 어떤 의미에서 당신의 지적은 정확했다. 크레올 작가는 모르지만 헌은 좋아한다는 당신의 문화 혼성도(文化混成度, 크레올)에 대해 나는 생각했어야 했다. 당신이 선보인 요리는 역시 고민한 흔적이 있는, 지역의 식재료를 이용해 정중히 조리된 것들이었지만 솔직히 말해 박력이 부족하다. 열대의 밤에 땀범벅이 되어 모기에 물려가면서도 한 그릇 더 먹고 싶어지는 그런 자극성이 부족하다. 프랑스 요리법과 보르도 와인이 어디서든 늘 보편적으로 맛있을 거라는 생각은 망상에 불과하다. 위장은 생생한 현재의 상태에 반응해 순간순간 변화하는 현상, 유전(流轉)하는 불이며 김이다. 즉, 더운 곳에서는 더운 곳에 맞는 밥상이 있지 않느냐는 얘기다. 그게 전부다.

참고로, 위그 데스포앵트 가문의 자손인 알랑 씨는 2009년 1월에 방영된 프랑스 TV 채널 카날 플뤼스(Canal+)의 프로그램에서 "혈통은 보존되어야 하기 때문에 서로 다른 인종은 섞이지 않고 제각각 보존되어야 한다", "역사가는 크게 과장해 노예제도의 문제점만 말하는데, 좋은 측면도 있었다"고 말해 소송까지 당했다고 한다. 놀라운 것은 그의 생각에 동조하는 사람이 지금의 프랑스에 적지 않게 존재한다는 사실이다. 하지만 설탕도 초콜릿도 커피도 시거도 전부 카리브 해와 예전의 노예들에게 돌려주고 중세 프랑스의 소박한, 아마 계속 먹으면 약간 실망할 식단으로 돌아가고 싶다고 말하는 사람은 본 적이 없다. '성가신 것도 이민도 가난도 싫다. 맛있는 음식만 먹고 싶다'는 앙투아네트식 사고방식을 가진 이야기에 카리브 해의 대다수의 사람들은 납득하지 못할 것이다.

제 2 장

탐험가의 식탁

빵의 기담

'빵 열매', 혹은 '빵나무'라는 이름의 식물은 많은 사람에게 동화 속 환상의 음식이다. 쿡 선장의 태평양 항해로 유럽인에게 알려진 이 과일은 지상 낙원의 상징으로, 사람들의 상상력을 자극해 수많은 모험소설과 탐험담을 장식했다. 어쨌든 나무에 빵이 열리는 것이니 이보다 흥미로운 이야기도 없을 것이다. 나도 어릴 적에는 빵 열매에 대해 자주 생각했다. 식빵 같은 맛일까? 밀가루 반죽처럼 찰기가 있어서 구우면 폭신폭신한 롤빵처럼 되지 않을까?

어느 쪽이든 좋다. 마당에 빵나무만 있으면 닭과 산양 한 마리와 채소를 약간 심고, 귤나무도 하나 심자. 거기에 따뜻한 차와 과자만 있으면 충분하다. 필요한 것들은 빵 열매와 교환해서 얻고 그렇게 하면 집밖에 나가지 않고 책만 읽으며 살 수 있다……. 집과 마당의 배치도까지 그렸다. 성적표의 '협조성'란에 '좀 더 노력합시다'라는 말이 늘 빠지지 않을 정도로 협조성이 부족했던 아이에게 빵나무가 있는 집에서의 생활은 더할 나위 없는 행복이었다. 얼른 할머니가 되고 싶었다.

하지만 세상은 뜻대로 되지 않는다. 안락한 은거 생활을 즐기기 전에 건너지 않으면 안 되는 바다가 있다. 그런 이유로 어느 날 어쩔 수 없이 각오를 굳혀 통나무배에 몸을 싣고 세상으로 나온 결과, 정신을 차려 보니 돈도 하나 없이 이 나라 저 나라를 표류하는 지경이 되고 말았다. 어쨌든 나는 타기 싫은 비행기에 올라 남태평양 폴리네시아에 있는 소시에테 제도의 타히티 섬으로 향했다.

수도 파페에테(Papeete)에는 타히티인 작가 라이 샤즈가 있다. 예전에는 미슈 샤즈라는 이름으로 글을 썼다. 그녀의 단편집을 읽고 타히티 작가에 대해 좀 더 알고 싶어서 남태평양 작가들의 네트워크를 통해 샤즈가 타히티에 대한 프랑스 정부의 정치적 탄압에 항의하고 있다는 사실을 알게 되었다. 메일을 보내자 답장이 왔다. 비행기는 밤중에 파페에테에 도착했다. 도착 출구에는 폴리네시아계라고 하기보다는 핀란드쯤에서 뜨개질을 해야 어울릴 인자한 얼굴의 백발 여성이 서 있었다. 환영의 표시로 화려한 향기가 나는 꽃목걸이를 목에 걸어준다. 아버지는 프랑스에서 자랐지만 할머니는 폴리네시아인이고 타히티에서 자란 어머니도 폴리네시아뿐 아니라 북유럽, 더 거슬러 올라가면 중국인의 피도 흐르고 있단다.

다음 날 아침 그녀와 함께 간 시장은 사람들로 북적였다. 프랑스 과자, 중국식 반찬, 폴리네시아 채소, 향신료 등 없는 게 없다. 맛있는 것들로 가득하다는 이야기다. 단, 값은 절대 싸지 않다. 카리브 해의 마르티니크처럼 프랑스 영토인 타히티에서는 모든 것들에 파리와 같거나 그보다 비싼 가격표가 붙어 있다. 돈은 유로가 아닌 프랑스령 폴리네시아 프랑. 그래요, 그래서 서민들은 생활이 어려워요. 하지만 오랜만에 온 손님이니 맛있는 걸로 먹어요. 라이는 먹을거리로 장바구니를 채워간다. 만두, 돼지고기

구이, 타로토란. 참치요? 그건 내가 살게요.

"바나나는 집 뒷마당에 있으니 사지 않아도 돼요. 타로토란 칩스, 없나? 어? 아니네, 이건 우루야. 타로토란이 맛있는데."

우루, 영어로는 브레드 후르츠. 그러니까 빵 열매는 타로만큼 맛있지 않다는 말이다. 역시.

카리브 해나 남태평양의 다른 섬에서 지금까지 몇 번인가 빵 열매를 먹어본 적이 있다. 그래서 진짜 빵처럼 생겼냐, 맛은 어떠냐, 하는 질문을 받을 때마다 대답하기 난처하다. 인상이 거의 남지 않는 과일이다. 찜통에 찐 빵 열매는 전분질이 많아 밍밍한 맛의 감자처럼, 먹을 때마다 으음, 하고 낮은 신음소리뿐 금방 잊어버린다. 이렇다 할 특징이 없다. 그런 부분이 빵이라고 하면 빵 같을 수도 있지만.

타히티와 빵 열매, 하면 가장 먼저 떠오르는 것이 조지프 뱅크스 경(Sir Joseph Banks, 영국의 동, 식물학자)의 '빵나무 이식 계획'과 윌리엄 블라이(William Bligh) 선장과 플레처 크리스천(Fletcher Christian) 부선장의 대립, 즉 바운티 호의 반란이다. 여러 번 소설과 영화화되었다. 때는 18세기, 카리브 해에 심을 빵나무를 타히티까지 가지러 갔던 영국 선원들은 타히티에 매료되어 카리브 해로 돌아가길 원하지 않았고, 결국 선장을 작은 배에 태워 바다로 쫓아버렸다.

쿡 선장의 최초 태평양 항해에 참가했던 뱅크스는 남태평양의 문화와 자연, 특히 식물전문가로서 당시 영국에서는 매우 유명한 인물이었다. 타히티 섬 서쪽에 있는 라이아테아 섬 출신인 마이(실수로 '오마이'라는 이름으로 서양인에게 알려졌다. 타히티인 중에 최초로 쿡 선장과 함께 유럽으로 건너갔다—옮긴이)가 영국 사교계에 알려진 것도 뱅크스의 기획과 연출에 힘입은 것이다. 이 뱅크스의 제안으로 영국 해군의 배를 타히티 섬에 보내 그곳에서 자라는 빵나무를 싣고 태평양을 건너 카리브 해의 영국령 식민지에 이식해 흑인 노예의 식량으로 활용할 계획이었다.

미합중국의 독립으로 영국령 식민지들은 이전처럼 북아메리카로부터 식량을 수입할 수 없게 되었다. 식량을 수입하려면 비용이 많이 든다. 노예 노동자는 값싼 것이 이점인데 비싼 음식을 먹여서는 돈벌이가 되지 않는다. 열대의 카리브 해와 남태평양은 기후 풍토도 비슷하다. 1년에 100개, 200개, 전분질이 많은 커다란 열매가 달리는 빵나무를 심어 노예에게 먹이면 수입을 식량화하는 것보다 훨씬 비용을 절약할 수 있다. 아무튼 빵 열매 하나에 덩치 큰 어른이 하루를 견딜 정도의 영양분이 있으니까. 그래서 1787년 12월 23일, 블라이 선장 이하 46명의 선원을 태운 바운티 호는 타히티를 향해 출항했다. 32세의 블라이는 쿡 선장의 3차 항해 외에 여러 번 원양 항해 경험이 있어서 영국 해군의 신뢰를 얻고 있었다.

대항해치고는 배의 크기가 작았고, 아무튼 재난이 끊이지 않는 배였다. 영국에서 서쪽으로 항해해 미 대륙 남쪽 끝의 혼 곶(Cape Horn)을 통과해야 하는데, 악천후 때문에 한 달이나 발이 묶여 있다가 결국 단념하고 동쪽으로 방향을 바꿨다. 그러고는 아프리카의 희망봉을 돌아 1788년 10월 26일에야 겨우 타히티에 도착했는데, 빵나무는 갑자기 뽑으면 말라죽으니 이식용 모종을 준비해야 한다고 해서 이러저러하는 사이에 다시 5개월이 지나가버렸다. 그 사이에 선원 중 절반은 현지 여성과 가까워졌기 때문인지 아니면 먹을거리가 풍부하고 기후가 좋은 섬이 마음에 든 것인지 선장과 카리브 해로 돌아가기를 꺼려했다. 온정을 잃은 선장의 통솔 방식 때문이라는 설도 있다.

바운티 호가 카리브 해로 항해를 떠나 이틀째 되던 날 반란이 일어났다. 타히티로 돌아가기를 희망한 부선장 이하 19명은 블라이 선장을 구속하고 선장파 18명과 함께 바운티 호의 소형정에 태워 바다로 던져버렸다. 그러나 항해 기술이 뛰어났던 블라이는 회중시계와 육분의(각도기의 일종)로 배의 위치를 계산해 티모르 섬으로 노를 저어 영국으로 돌아간 다음 해군에 선원들의 반란을 보고했고 선원들은 대부분 타히티에서 체포되었다.

그 사이에도 블라이는 프로비덴스 호의 선장을 맡아 다시 빵나무 이식 계획을 실현하기 위해 태평양으로 떠났다고 하니 그 열정이 놀랍다. 블라이의 잔인한 성격 때문에 반란이 일어났다는 통설에 대해서는 반론이 많은데, 모르긴 몰라도 일벌레였던 것만큼은 분명한 것 같다. 그가 쓴 일지를 보면 피곤하다, 피곤하다 하면서도 일하려 하지 않는(당연하다) 섬의 주민들을 어르고 달래 몸을 움직이게 만든다. 두 번째 도전은 성공해서 빵나무는 무사히 카리브 해를 건넌다. 그런데 흑인 노예는 빵 열매를 그다지 좋아하지 않아서 기대만큼 왕성히 먹어주지 않았다. 뱅크스는 크게 실망했을 것이다.

그런데 반란자들 가운데 크리스천을 포함해 8명은 타히티인 10여 명과 함께 바운티 호를 타고 타히티 섬 동쪽의 무인도로 도망쳤다. 그들의 자손이 지금도 핏케언 섬에 살고 있다니 흥미롭다.

서양인이 '많은 섬들의 바다'라는 뜻인 폴리네시아라는 이름을 붙인 태평양 일대에 공통점이 많은 언어문화를 가진 사람들이 살게 된 것이 언제부터인지는 확실하지 않다. 아마도 그들은 인도네시아나 필리핀 부근에서 통나무를 둥글게 파낸 카누를 단 배를 타고 왔을 것으로 추측한다. 그 안에는 코코넛, 타로토란, 바나나, 돼지, 개, 닭, 그리고 빵 열매인 우루가 실려 있었을 것이다. 빵 열매는 폴리네시아 사람들에게 있어 오랫동안 없어서는 안 될 식량, 즉 주식이었다. 나무껍질의 섬유질은 '타파'라는 지포(紙布)와 약을 만들고, 줄기로는 카누를 만든다. 수액은 카누를 수리하거나 새나 곤충을 잡는 끈끈이로 사용하고, 뿌리와 잎은 약과 음식물을 싸서 보관하는 데 쓴다. 현재 타히티에 있는 수십 종의 빵 열매가 개량종이라는 점만 봐도 빵나무 재배 역사가 얼마나 오래 되었는지 짐작할 수 있다.

발효를 이용한 역사도 깊다. 미크로네시아의 폼페이(예전의 포나페)에서는 기원전 345년경 빵 열매를 발효하는 데 사용되었던 구멍의 흔적이 발견되었다. 낸시 J. 폴록의 논문 「오세아니아에서의 빵 열매의 발효 이용 습관」(Pollock, Breadfruit fermentation practice in Oceania, 1984)에 의하면 발효시킨 빵 열매는 치즈처럼 강한 향이 난다고 한다. 달리 먹을거리가 없는 계절이나 항해 중에 연명을 위해 가장 중요한 보존식이지만 서양인은 이 시큼하고 강렬한 맛이 입에 맞지 않았던 모양이다. 뱅크스도 익숙해지는 데 꽤 힘들었다고 한다.

프랑스 시인으로 선의(船醫)이기도 한 빅토르 세갈렌(Victor Segalen)은 1903년부터 1년 반 동안 타히티 외에 남태평양의 섬에 머물며 그때의 자신의 경험과 그 지역에 대한 문헌, 그리고 파페에테에서 입수한 고갱의 수첩과 크로키에서 얻은 지식과 통찰을 바탕으로 소설 『기억을 잃은 사람들』을 썼다(1907년 초판, 필명 맥스 아넬리). 이 책에서 타히티 사람이 항해를 떠나기 전 어떤 준비를 하는지 설명한 대목이 있다. 긴 여행에 대비해 먹고 마실

것을 배에 실어야 한다. 발효한 빵 열매는 필수다.

여자들에게 말하라. 잘 익은 우루 열매를 따서 불에 구워 껍질을 벗긴 후 단단한 나무 대접에 담아 강물을 뿌리며 사암으로 만든 절굿공이로 빻으라고.

연기에 그을리기 위해 그것을 티(바나나) 잎에 싸서 바나나(잎)를 채운 구멍의 바닥에 넣어라. 짧은 주문을 외워라. 조금 지나면 짓이긴 가루는 얼얼하게 매콤해진다. 연기를 맡기만 해도 너의 이는 침으로 젖을 것이다. 이렇게 해서 너는 오랜 바다 여행을 위해 장기간 보존할 수 있는 훌륭한 요리, 마히를 얻을 수 있다(스에마쓰 히사시末松壽 번역, 國書刊行會, 2000년 ( )안은 인용자 보충 설명).

마히처럼 훌륭한 음식이 없어 축제요리라곤 날생선과 타로토란뿐인 라파 섬의 사람들은 "빈약한 식욕이다, 가난한 사람들이다" 하고 세갈렌의 주인공에게 멸시를 당한다. 하지만 적어도 현대 타히티인들은 날생선과 타로토란을 좋아하는 것 같다. 일요

일, 샤즈네 집 점심은 날참치를 토막 내어 코코넛 밀크에 버무린 참치 회에 타로토란을 곁들인 게 전부였다. 전체적으로 가볍고 신맛이 나는데 꽤 맛있었다. 그러고 보니 피지에서도 코코넛 밀크에 날생선을 버무려 먹었는데, 그곳은 인도인이 인구의 절반을 차지하는 섬이라서 화려하고 다채로운 인도 요리에 압도되어 남태평양 본래의 단순한 먹을거리는 아무래도 인상이 희미했다. 나는 마히보다 이쪽 음식이 좋다. 한 번 더 먹어도 될까?

다음 날, 라이가 고등학교 동창의 점심 초대에 같이 가자고 해서 기꺼이 따라갔다. 높다란 벽이 움직이더니 전동 셔터가 열렸다. 안으로 들어가자 넓은 테라스 앞쪽으로 태평양이 펼쳐져 있다. 전력회사 2대 사장과 결혼한 전 미스 타히티의 집이란다. 같은 해안가라도 나무 기둥에 함석지붕을 얹은, 빨래가 펄럭이는 서민의 집과는 완전히 다르다. 그러나 호화로운 저택의 점심 역시 참치 코코넛 밀크 무침에 타로토란(와인과 샐러드 포함)이었다. 초대 받은 사람들 중 몇 명은 여기에 요구르트와 비슷한 맛이 나는, 시장에서 쉽게 구입할 수 있는 발효 코코넛 소스를 뿌려서 먹는다. 신맛의 출처는 이건가? 지금도 모두가 발효식을 즐겨 먹는 것 같다.

타로토란, 참치, 코코넛 소스는 매일 먹어도 질리지 않아, 하고 라이가 말한다. 타로는 나도 매일 먹어. 전 미스 타히티도 거든다. 역시 우루보다는 타로토란이구나, 하고 한 접시 더 먹는 나. 빵 열매는 적어도 나에겐 실제로 먹을 때보다는 공상 속에서 더욱 인상 깊은 음식이다.

벌레를 사랑하는 사람들

아침, 페디 자파르잘리 심즈 씨와 베시 나카말라 심즈 부인이 집 앞에서 불 위에 프라이팬을 얹고 식사 준비를 하고 있다. 부부는 화가로 알려진, 지역사회에서도 존경받는 어른이다. 어떤 요리를 하는지 들여다보았다. 자그마한 남방젓새우(Sakura Shrimp) 크기의 희뿌연 유충을 볶고 있었다. 맛있어요? 하고 물어보고 싶었다. 살짝 맛을 보려고. 그런데 왠지 주눅이 들었다. 과연 저게 맛있을까.

요와무시(겁쟁이)라고 해도 하는 수 없다. 뭐든 맛있게 잘 먹는 편이라 복통을 일으킨 적은 거의 없지만 꿈틀대는 벌레는 왠지 마음에 안 든다. 그런데 '무시(벌레라는 의미)'라는 일본어, 정말 재미있네요. 부부도 나에게 먹고 싶어요? 하는 말을 쉽게 던지지 못한다. 서로 벌레 요리에 대해 하고 싶은 말을 하지 못하고 다른 잡담을 한 뒤 헤어졌다. 아마 나방 유충일 거야, 좋은 기회를 놓쳤다. 수년 전, 호주 중앙부의 타나미 사막에 있는 유엔두무(Yuendumu) 자치주에서 며칠 신세를 진 적이 있다.

베시 심즈는 나에게는 특별한 분이다. 베시는 '나카말라'다. 일본에서 온 나카무라입니다, 하고 자기소개를 하자 베시는 기뻐하며 말했다. 이 아이, 나카말라래요.

그 말을 듣고 유엔두무 인구의 대부분을 차지하는 왈피리(Warlpiri) 부족의 여성들이 저마다 한마디씩 했다. 그래? 당신, 나카말라야? 그렇다면 내 남편이 당신의 작은아버지야, 당신의 딸은 내 조카, 그 아이가 아이를 낳으면 손자, 하고 내 옆구리를 콕콕 찌르며 왈피리 사투리가 섞인 영어로 친족 관계를 설명해주었다. 〈왈피리어 입문 1〉 단계에서도 좌절한 나지만(어려운 부분은 당신의 왈피리 선생님에게 물어보세요, 하고 얼렁뚱땅 넘어가는 교재다) 다음의 법칙은 이해할 수 있었다.

사막 민족인 왈피리와 핀투피(Pintupi) 부족의 혼인은 '스킨 네임'이라는 16개의 서브 그룹(남성 8개, 여성 8개. 스킨네임 시스템의 특징 중 하나는 각각의 스킨네임에 결혼할 수 있는 상대의 스킨네임이 정해져 있다고 한다)을 단위로 이루어진다. 서브그룹 1에 속하는 남자는 초혼일 경우 서브그룹 2의 여자와 결혼하고, 둘 사이에 태어난 아기가 아들이면 서브그룹 3, 딸이면 서브그룹 4에 속한다. 이런 식으로 미리 정해져 있다. 즉, 친족 관계가 실존하는 인간보다 선행한다고 할까, 실제 사정과는 관계없이 존재하는 것이다.…… 열 손가락이 넘는 계산에는 약한 나로서는 매우 어려운 이야기라서 자세한 것은 당신의 왈피리어 선생님에게 묻거나 호주 원주민의 혼인 시스템을 모델로 했다는 레비스트로스(Claude Levi-Strauss, 프랑스의 사회인류학자) 선생의 구조주의론을 참고하라고 하고 싶은데, 아무튼 그 16개 가운데 나카말라라는 여성의 스킨네임이 있다. 내 이름이 그 스킨네임과 비슷해서 좋아했던 모양이다.

베시 나카말라와 나는 같은 스킨네임이기 때문에 자매다. 그녀는 그렇게 내가 다른 사람과 잘 지내도록 신경을 써주었다. 여성들이 의례 때 사용하는 돌을 주우러 갈 때도 차 시중드는 역할로 동행시켜주었고, 그 지방의 이야기나 어떤 식물을 어떻게 사용하는지도 가르쳐주었다. 웬지 베시와 같이 있으면 애벌레도 맛있게 먹을 수 있을 것 같았다. 그래서 좋은 기회를 얻은 나는 다시 〈왈피리어 입문 1〉을 챙겨들고 사막으로 '증발'한 것이다.

유엔두무로 가기 위해서는 일단 앨리스 스프링스(Alice Springs)라는, 호주의 배꼽에 해당하는 사막의 도시에서 타나미 트랙(Tanami Track)을 따라 서쪽으로, 곧장 서쪽으로 네다섯 시간을 내리 달려야 한다. 보통 때는 개미탑과 약간의 식물뿐, 붉은 흙먼지가 날리는 길이다. 그런데 일주일 전의 이상 강우로 사막은 아직 홍수의 흔적이 남아 있었다. 타나미 트랙 양쪽으로 펼쳐진 습지 위로 새가 날고 초록의 풀들이 무성하다. 꽃도 피어 있다. 땅이 마른 곳에는 작은 수박 같은 열매가 주렁주렁 달린 식물이 바닥을 기듯 사방으로 넝쿨을 뻗어서 누가 장난으로 사막에 크고 작은 공을 뿌려놓은 듯하다. 그 길을 유엔두무의 아트 어드바이저인 시실리아 언니께서 붉은 진흙투성이로 변해가는 사륜구동 미니 트럭을 요란하게 몰아댄다. 호주 오지의 원주민 자치구에

파견되는 아트 어드바이저는 원주민 화가의 일과 생활을 도우며 이문화 간의 완충 역할을 하는데, 워낙 복잡하고 잡다해서 끝이 없는 일이다. 시실리아 언니는 자신이 할 수 있는 일을 최선을 다해 한다. 지나치게 생각하지 않는다. 그것이 그녀의 방식이다. 때와 장소에 따르지만 장점이기도 하다.

길을 가로막는 물속으로 차가 돌진한다. 옆으로 미끄러진다. 바닥은 붉은 모래진흙 수렁이다. 이런 데 차가 빠지면 끝장이겠어요. 그러나 언니는 하하하 웃으며 콱콱 거침없이 물을 건넌다. 수천, 수만의 회색 메뚜기 떼가 날아와 앞 유리에 타타탁 요란한 소리를 내며 부딪쳐 떨어진다. 하하하하 웃으면서 언니는 지극히 형식적으로 와이퍼를 움직인다. 거의 드문 일인데, 로드 트레인이라는 연결 트레일러가 신기루 너머에서 땅을 울리며 모습을 드러낸다. 거대 트럭의 운전사께서 지나기 쉽도록 언니는 차를 갓길로 붙인 채 한쪽 손을 살짝 들어 인사한다. 휴대전화도 터지지 않는 곳이다. 서로 예의 바르게 올 라이트.

그런데 과연 호주 원주민에게 벌레는 어떤 먹을거리일까. 할 수 있다면 악어 쪽이 좋을까, 간식에 최적일까. 모나시대학

(Monash University)의 호주원주민연구소는 최근 3년 동안 소장 리넷 러셀 교수를 중심으로 '음식-전통적 애버리지니의 지식과 입식자(식민지 개척을 위한 이민자) 경제의 확대'라는 연구 프로젝트를 진행하고 있다. 러셀 교수의 호의로 연구소 도서실에서 자료를 볼 수 있었다.

벌레의 영양가가 이렇게 높다니! 「호주 원주민의 식품성분표」(Miller et al., Tables of Composition of Australian Aboriginal Foods)와 『부시 푸드 핸드북』(Cherikoff and Issacs, The Bush Food Handbooks)을 보고 놀랐다. 예의 애벌레 위체티 그럽(witchetty grub, 호주 나무뿌리 유충의 일종)의 칼로리는 390~406킬로칼로리나 된다. 탄수화물, 단백질, 지방, 철분, 칼슘이 풍부하다. 수분이 35~70퍼센트라서 가열해 수분을 제거하면 완전 영양 덩어리다. 앨리스 스프링스의 무반투아 갤러리(Mbantua Gallery)에서 7년 넘게 애보리지널 아트(호주 원주민 예술작품)에 관한 일을 맡아 온 구로다 도모코(黒田智子) 씨도 "위체티는 모닥불에 구워먹는 것이 제일"이라고 했다. 뜨거운 재에 넣어서 구우면 껍질은 바삭하고 살은 말랑말랑 먹기 좋게 볼록해지는데, 뜨거울 때 먹어야 제맛이다.

참고로, 지금은 호주의 식용 유충을 총칭해 위체티라 하는데, 원래는 중앙사막 남부 에어호수 주변에 사는 원주민 아라바나(Arabana) 족의 말로, 아카시아과에 속하는 두 종류의 나무 뿌리에서 자란 나방의 애벌레를 가리킨다. 애벌레는 대부분 먹을 수 있는데, 어느 것이 맛있느냐에 대해서는 모두 일가견이 있는 듯하다. 제니퍼 이삭스에 따르면 태즈메이니아 섬의 뱅크셔(Banksia) 뿌리에 사는 애벌레는 아몬드 같은 맛이 나고 진짜 맛있다고 한다(Issacs, Bush Food: Aboriginal and Herbal Medicine). 큰 놈은 몸 길이가 1센티미터나 된다는데, 보통은 그보다 작다. 위체티를 잡는 것은 여자의 일이다. 애벌레는 잡히면 갈색 액체를 내뿜는다. 위체티를 잡으러 간 이삭스가 무심코 손에 묻은 액체를 닦아내려 하자 그것이야말로 야생의 식료(bush tucker, 호주 원주민이 옛날부터 식재료로 삼았던 풀·나무·동물 등을 가리키는 말)를 모을 수 있는 어엿한 여성의 증거라며 말렸다고 한다.

보공 모스(Bogong Moth)라는 나방의 배 부위도 훌륭한 영양식이다. 분석표를 보니 한 샘플은 100그램당 430킬로칼로리의 열

량에 단백질은 38.8퍼센트라고 되어 있다. 이 나방은 봄에 성충이 되어 따뜻한 북쪽(그렇다, 남반구에서는 북쪽이 따뜻하다)에서 개화전선을 따라 남하한다. 바람을 타고 뉴질랜드까지 가는 경우도 있다. 타타르 해협이 아닌 태즈먼 해를 나방이 건너는 것이다. 그러나 나방의 대부분은 대륙 남동부의 산맥지대로 향한다. 그곳에 보공 산이 있다. 겨울에는 눈이 내리는 이 냉랭한 산지에서 꿀을 먹고 통통해진 나방들은 갈라진 화강암의 틈새나 현무암의 꼭대기를 빽빽이 덮은 채 겨울잠이 아닌 '여름잠'을 잔다. 1만년 이상 이 나방은 이렇게 봄 여행과 여름잠을 반복했다고 한다.

현지인들은 이 나방을 매년 맛있게 먹어온 것이다. 보공 모스는 가열하면 단맛이 난다. 잡은 나방을 뜨겁게 달군 모래 구멍에 넣고 몇 분간 잘 섞어준 후 꺼내 모래를 털어낸다. 수분이 빠진 배는 보리알 정도의 크기로 오그라든다. 이것을 모아서 '케이크'처럼 단단하게 압축하면 보존이 가능하다. 호두 맛이 난다고 한다. 여름에 상례처럼 보공 모스 축제를 즐기고, 산에서 돌아온 주변 부족들을 보면 통통하게 살이 오르고 피부가 반질반질했다고 한다(Josephine Flood, The Moth Hunters: Aboriginal Prehistory of the Australian Alps). 지금도 가끔 남동 도시부에서 이 나방이 대량 발생한다고 하는데, 그것을 기뻐하는 사람은 이 땅에 거의 없다. 도시인들은 멋대로 해충이라고 단정 짓는다.

맛있는 벌레로는 꿀개미(Honey ant)도 유명하다. 깍지진디나 나무이 같은 벌레에서 단물을 모아 일개미의 일부가 이것을 배에 저장했다가 다른 개미들에게 나눠주어 사막의 가뭄을 이겨낸다. 살아 있는 저장고가 된 개미의 배는 마치 포도 알처럼 볼록한데, 다른 개미들은 단물을 배에 저장한 개미를 개미집의 깊은 곳에 감춰두고 소중하게 지킨다. 사막의 여자들은 마루가라는 나무 밑의 개미집을 파서 이 꿀개미를 찾아낸다. 깊이가 1.8미터에서 2.4미터나 되는 개미집을 파는 게 결코 쉬운 일이 아닌데, 그녀들은 어디에 맛있는 먹을거리가 숨어 있는지 잘 알기 때문에 그곳만 골라 파서 잡아먹는다. 사나운 개미로 알려진 녹색나무개미(Green tree ant)도 영양가가 높다. 으깨서 개미산이 새콤한 맛을 낼 때 레몬 대신 쓴다. 개미산은 상당히 매력적인 맛이라고 한다.

벌레혹이라는 것도 있다. 그 가운데 잘 알려진 것이 유칼립

투스에 생기는 벌레혹으로, 블러드우드 애플 또는 블러드우드 골이라고 한다. 이것은 아피모르파 포미포르미스(Apiomorpha pomiformis)라는 학명을 가진 벌레의 암컷이 나무 껍질 아래로 파고들면 그 자극에 의해 나무가 주위에 혹을 만드는데, 벌레는 그 혹 안에서 수액을 먹으며 지낸다. 몸 안에 맛있는 수분을 포함하고 있어서 사막에서 발견하면 큰 기쁨이다.

마찬가지로 벌레가 만드는 먹을거리에 랩 또는 슈거 블러드라는 신기한 물질이 있다. 나무이의 유충이 나뭇잎 위에서 자신을 지키기 위해 몸에서 단물을 내는데, 그것으로 결정 같은 물체를 만든다. 그러고 보니 구약성서의 출애굽기에 '만나'라는 먹을거리가 나온다. 황야를 방황하는 이스라엘 백성의 기도에 응답해 신이 하늘에서 맛난 것을 내려준다. 그것은 서리처럼 하얗고 얇고 깨지기 쉬운 달콤한 먹을거리로, 다음 날 먹을 양까지 모아두면 금세 벌레가 꾀기 때문에 그날 먹을 양만 거두어야 한다. 이 만나는 어떤 것일까? 어릴 적 이리저리 상상해보았는데(맛있을 거 같아서) 랩이 바로 그게 아닐까. 성서연구자들 사이에서도 만나는 벌레가 배출하는 일종의 당분이 건조지대에서 결정화한 것이라는 주장이 유력한 모양이다. 이라크에서는 이것을 이용해 만드는 과자도 있단다. 먹고 싶다.

벌레는 맛있다. 그래서 사람에게 잡아먹히는 것이다.

무사히 도착한 유엔두무에서 심즈 부부를 다시 찾았다. 낮잠을 자고 있어서 아무것도 먹고 있지 않았다. 나카말라가 왔다며 베시가 반겨주었다. 역시 잘 왔다. 시실리아에게 담배 두 개비 있다고 말하고 와라, 하고 패디가 말했다. 담배? 시거? 아니, 씹는 담배다. 유엔두무나 다른 커뮤니티에서도 보통 이런 심부름을 시킨다. 그러다 보면 상으로 위체티를 나눠줄지도 모른다. 글쎄, 어떨지. 하지만 어쨌든 맛있어 보이니까.

일본인은 맛있을까?

어렸을 적에는 먹을 수 있는 거라면 뭐든지 먹고 싶었고, 성장해 낯선 곳에 갈 수 있게 되면서부터는 가능한 한 그 지방이 아니면 맛볼 수 없는 것이 먹고 싶었다. 그러나 최근에는 도시라면 세계 어디서나 크게 다르지 않은 음식을 먹게 된다. 결국 악어든 뭐든 도쿄에서 거의 해결할 수 있다 보니 음식에 관한 호기심이 눈에 띄게 줄었다. 보통 있는 음식을 보통으로 먹으면 된다. 가락국수를 솥에 삶으면 가락국수를, 망고가 떠내려오면 망고를, 상어가 그물에 걸리면 상어를, 나방이 여름잠을 자 통통해지면 나방을 먹으면 된다. 진기한 음식을 일부러 찾아다니면서까지 먹을 필요는 없다. 불혹이 되어 깨달은 진리다.

그러나 딱히 먹고 싶지 않아도 진귀한 음식에 관한 이야기는 지적 호기심을 자극한다. 인터넷에서 파푸아뉴기니 문학을 조사하던 중 비교적 최근에 현지인들이 올린 매우 진귀한 먹을거리에 관한 글이 화제가 되었다는 걸 알게 되었다. 뉴기니의 어떤 마을 사람이 일본인은 맛있지만 백인은 찝질해서 별로였다고 말했다고 사진가 이아고 코라짜와 인류학자 올가 아만의 책에 쓰여 있다는 것이다.

오호, 그래요? 사실일까? 친구에게 말하자 그건 옛날이야기지, 지금 일본인은 아마 맛있지 않을 거야, 하고 반론을 제기했다. 그건 다시 말해서 옛날에는 맛있었다는 이야기인가?

어쨌든 이것은 일본인으로서 도저히 그대로 넘어갈 수 없는 이야기라고 생각한 사람이 많았는지 블로그와 인터넷 기사에서 화제가 되었다. 그러나 정보의 출처는 직접 취재한 것이 아니라 인터넷상에 공개된 영어신문의 기사나 칼럼으로, 말하자면 한 다리 건너들은 이야기, 다른 곳에 인용된 이야기를 재인용한 것에 불과했다. 그래서 영어 기사의 원본이라는 독일 기사를 찾아보았다. 독일어로 된 한 페이지 분량의 기사를 인터넷에서 번역기로 돌리자 거의 즉시 영어로 바꿔준다. 진짜 편리해졌다. 친형제나 사촌지간이라 할 수 있는 서양언어들 사이에서는 어느 정도 정확히 번역되지만 일본어로 번역을 시키면 포복절도 내지 울분을 터뜨릴 수밖에 없는 괴상한 결과가 되어서 전혀 도움이 안 된다.

그래서 결과를 보니 대충 다음과 같다. 2008년 독일에서 출판된 이아고 코라짜와 그레타 로파가 쓴 문장과 니콜라 파가노의 사진을 담은 사진집 『마지막 대지의 사람들』(마지막 야만인이라는 의미일까)에는 뉴기니에 아직도 식인 습관이 남아 있다고 쓰여 있는데, 그 근거로 독일인 인류학자 올가 아만이 조사 지역에서 한 인터뷰가 인용되어 있다. 이 인터뷰 가운데 일본인이 맛있다는 현지인의 발언이 있는 것이다.

그렇다면 그 책을 읽어봐야 할 것 같아서 영어판 『최후의 사람들』(독일어판의 원제는 『최후의 파푸아인』-옮긴이)이라는 책을 주문하기로 했다. 그런데 제목의 의미를 모르겠다. 원제목을 봐도 그렇고 영어판은 더욱 모르겠다. 뉴기니 섬에서 최근에 인간이 멸종했다는 이야기는 전혀 듣지 못했다. 건강하게 살며 많은 자녀를 둔 사람들에게 큰 실례다. 『최후의 독일인』이라는 책이 있다면 그것은 공상과학 소설일 것이다. 아마 토인(미개인) 취향의 책일 거라 짐작했다. 자신 외에, 주로 원주민이라 불리는 사람들(대부분의 유럽인은 일본인도 여기에 속한다고 생각한다)에게 관심을 갖고 그들의 전통문화를 보호·보존하자고 호소하는 한편, 그들을 자신과 마찬가지로 경제적·정치적 권리를 행사할 수 있는 현대인으로 인정하지 않고 박물관의 박제나 멸종위기종 동물처럼 들춰내는 것 외에 달리 그들과 교류하는 방법을 알지 못한다. 이런 태도를 '토인 취미'라 한다. 정도와 경향의 차이는 있지만 세계 각국에서 관찰되는 '페티시즘(Fetishism)'이다.

도착한 책은 생각대로 커다랗고 묵직했다. 무게를 재어보니 2.5킬로그램이다. 대부분 사진으로 돼 있고, 문장은 읽기 어려운 문체에 출전도 주석도 없다. 이상하리만치 화려한 뉴기니의 가면과 전투용 장식으로 몸을 감싼 사람들의 사진은 흥미롭지만 어딘지 신선미가 떨어진다. 기계로 촬영한 것인데도 시선에서 진지한 공감이 묻어나지 않는 게 그대로 화상에 드러나다니 사진이란 매체도 참 오묘하고 재미있다. 예상대로 '토인' 책이다.

중요 부분은 어떨까. 이아고 코라짜가 쓴 글의 서론에는 처음부터 식인 이야기가 나온다. 그는 식인종을 보고 싶어 뉴기니 섬에 가기로 했다. 식인 퍼포먼스를 해서 손님을 모으자고 제안한 어떤 부족에 대한 신문기사를 읽고 흥미를 가졌다고 한다. 그리고 예의 올가 아만의 조사를 서문에 인용하고 있다.

올가 아만은 작가 겸 인류학자로 전 식인종에 대한 인터뷰로 유명해진 인물로, 그녀는 다음과 같이 보고한다.

"이 질문에 늙은 전사들의 눈빛이 반짝였다. '그것은 고기다' 하고 그들은 조심스럽게 대답했다. 그러면서도 그 차이에 대해 그들은 자세히 말할 수 있었다. 백인은 살에서 냄새가 나며 짜다. 일본인이 맛있다. 그러나 제일 맛있는 것은 우리 부족 여자다."

(Iago Corazza and Greta Ropa, The Last Men, 2010. p. 9)

의미가 명확하지 않은 문장인데, 내 탓은 아니다. 원래 영어 번역이 명확하지 않다. 올가 아만에 대해 조사해봤는데, 그녀의 '유명한' 인터뷰는 찾을 수 없었다. 솔직히 그다지 진지하게 검색할 기분이 들지 않았다. 이 책은 교정도 엉터리고, 독일어 원문을 번역기에 돌려서 영문으로 바꿔 살짝 수정한 게 전부라는 의심마저 들 정도다. 이런 책에 나오는 일본인이 맛있다는 말에 납득할 수 없다.

그것 봐요, 엉터리잖아, 하고 의기양양하게 말하는 윌리엄 아렌스(W. Arens)의 목소리가 들리는 것 같다.

아렌스가 1979년에 출간한 『식인 신화: 인류학(anthropologie)과 식인풍습(anthropophagy)』은 심한 논쟁의 표적이 되어온 책이다. 책에서 아렌스는 의례적인 행위로 또는 특수한 상황에서 사람이 사람을 먹는 행위는 확실히 인정할 수 있지만 인간을 식량으로 생각하는 민족이 존재한다는 증거는 없다고 결론짓는다. 서양의 학자와 선교사는 자신들의 눈에 기상천외하고 무지몽매하게 비치는 이민족을 식인종이라 생각하는 것을 좋아하고, 그들을 평화로운 기독교 신자로 만들어준 자신들을 칭찬하는 것을 더욱 좋아한다. 인류학자와 탐험가는 모두 '식인종'과 같이 지내는 낭만적인 체험을 무척 좋아한다. 즉, 식인종 이야기에 몰려드는 사람들이 실제로 사람을 먹는 장면을 목격한 것도 아니면서 억측이나 전해들은 이야기를 바탕으로 열심히 키워낸 판타지가 식인 전설의 정체다, 이것은 과학적이나 학문적이라고 할 수 없다. 그렇게 아렌스는 비판한다.

콜럼버스 시절부터 지금까지 실제로 사람을 먹는 장면이 아니라 냄비가 끓고 있고 뼈가 뒹굴고 있는, 사후 장면을 식인의 목격 증언으로 제시하는 사람이 대부분이라는 점은 다른 연구자들도 지적하는 바다. 피터 흄(Peter Hulme)도 카니발리즘의 핵심은 유럽의 상상력으로, 오히려 왜 그렇게까지 유럽인이 카니발리즘에 관심을 갖는지 물어야 한다고 말한다. 어지간히 관심이 많은 듯, 신세계의 식인종을 그린 서양 판화들은 보고 있으면 기분이 나빠질 만큼 잔혹하고 생생하다. 서양의 그림이나 조각의 전통 자체가 책형, 고문, 알몸인 남녀, 그리고 어떻게 된 게 아닐까 싶을 정도로 살, 살, 살로 넘쳐난다. 스리랑카 출신의 학자 거내너스 오베이에스케르(Gananath Obeyesekere)의 글을 보면 예전 영국인이 남태평양 사람들에게 지나칠 정도로 식인종에 대해 물어서 사람이 먹고 싶은 모양이라고 오해를 샀다고 한다. 그럴 듯한 추론이다. 하지만 반대로 실제 식인 습관이 있었다고 남태평양과 남미 사람들 스스로 말하는데도 이것을 아렌스가 무시하거나 부정하는 것은 인정할 수 없다는 반론도 있다. 이것은 일종의 홀로코스트 부정이라는, 초점에서 벗어난 논쟁으로 번지며 야단법석이 났었다.

아렌스는 적어도 1979년 시점에서는 피지까지는 직접 가지 않았다. 피지에 가면 그의 의견은 약간 달라졌을지 모른다. 예전에 책에도 썼지만 나는 피지 국립박물관에서 포로로 잡은 적을 조리하는 방법과 소스에 이용되는 식물을 상세히 설명한 전시 패널, 잡아먹힌 사람의 유품이 진열된 유리 케이스를 보았다. 또 토산품 가게에서는 인육을 먹을 때 사용하는 포크를 파는 라오 섬 출신의 점원 아가씨가 다른 곳에서는 어떨지 모르지만 라오 섬에서는 옛날에 인육을 먹었다고 가르쳐주었고, 남태평양대학 출판국이 낸 책에서 인육을 먹은 사람이 고백한 글과 식인 시대를 회상하는 이야기를 발견하고 옛날에는 진짜 식인 습관이 있었다는 것을 납득하게 되었다. 예를 들어 마레투 씨는 19세기 초 쿡 제도의 라로통가 섬에서 태어나 기독교로 개종했는데, "사람은 함부로 먹어선 안 된다, 하지만 맛있다"라고 썼다(Maretu, translated, annotated, and edited by Marjorie Tuainekore Crocombe, Cannibals and Converts: Radical Changes in the Cook Islands, 1983). 라바울(Rabaul)에서 일본의 패전 소식을 들은 만화가 미즈키 시게루가 어디선가 "나는 위가 좋아서 남양군도(1914~45년 일본의 위임통치를 받은 적도 이북의 중부태평양 지역－옮긴이)에서 사람이 먹고 싶어지는 기분을 이해해요" 하고 말했는데, 마레투의 글을 읽은 후여서 납득이 전혀 안 되는 것도 아니었다.

"하지만 잡아먹히는 사람은 불쌍하죠"

진지한 얼굴과 정중한 일본어로 로제 문시 반질라 신부님이 내게 일러준다. 콩고민주공화국에서 일본에 온 반질라 신부님은 현재 나고야대학에서 강의를 하는 사회인류학자이기도 하다. 그는 식인종에 대한 이야기를 듣자 통칭 '피라미'라고 하는, 숲속에 사는 몸집이 작은 콩고의 부족을 생각하지 않을 수 없다고 했다.

"콩고나 주변국 사람들은 연이은 내전으로 죽고 싶지 않다는 간절한 마음에서 마법에 의존하게 되었습니다. 피그미 족 사람을 먹으면 총에 맞아도 죽지 않는다는 미신이 있었죠. 그래서 숲에 사는 작은 사람들은 그런 미신을 믿는 사람들 손에 잡아먹혔어요. 피그미 족 사람들이 불쌍하죠."

오오, 그 말씀대로예요, 파드레(padre. 스페인어로 '신부님'을 의미한다-옮긴이). 아렌스가 뭐라고 하건 사람을 먹는 사람은 있었다는 사실을 재차 확인한 것이다. 흥미로운 것은 학술계에서 이런 논쟁의 중심은 여전히 서양인 학자라는 점이다. 문제가 되는 사모아나 쿡 제도, 카리브 해 원주민과 콩고 사람들이 주역으로서 의견을 말해 국제적으로 주목을 받은 적은 지금도 거의 없다. 훌륭한 학자와 작가가 그들 가운데 배출되었는데도 말이다. 세계는 아직 백인이 물주 역할을 하는 게임이다. 아마 학문의 세계는 그 '전통'을 가장 고집하는 영역일지 모른다. 그래도 예전 같지는 않다. 50년이 지나면 더욱 달라진 경관이 나타날 것이다.

일본에서 사람이 사람을 먹는 것은 조난 중에 기아 상태에 처한 극한상황에서의 윤리문제나 혹은 변태성욕 문제로 생각하는 것이 보통이다. 먹을거리로 어떠냐 하는 논쟁은 있을 수 없다. 그것은 인간임을 포기하는 행위다. 그러나 인간이기를 포기한다는 게 어떤 것인지 생각해보면 실로 심오한 이야기다. 사람을 먹는 것과 사람을 죽이는 것, 어느 쪽이 윤리적으로 문제가 될지는 쉽게 대답할 수 없다. 지금처럼 열화우라늄탄 같은 무기를 아무 인사 없이 민가에 떨어뜨리고도 아무렇지 않은 야만인을 보면 적의 대장을 정중히 회를 치거나 찜통에 쪄서 먹는 것이 낫다는 생각도 든다.

그런 이유로 일본인은 맛있다는 설에 대한 검증에 관해서는 증거불충분으로 각하할 수밖에 없다. 실제 먹어보면 알 수 있을지 모르지만 앞에서 말했듯이 나는 그렇게 이상하거나 특별한 것은 먹고 싶지 않다.

프랭클린 탐험대의 통조림

일본에서는 보기 드물게 프로테스트 송, 그것도 노동자의 투쟁가를 부른 대중가수 고(故) 이마와노 기요시로(忌野清志郎)가 '서머타임 블루스', '러브 미 텐더' 같은 외국 곡을 번안한 노래를 수록한 앨범 〈COVERS〉에서 "원자력 발전은 필요치 않아"라며 정부와 전력회사를 강도 높게 비판했다. 그런데 이 앨범의 발매처인 EMI는 이들 노래를 삭제하라고 요구했고, 그는 단호히 거절했다. 2012년 3월, 20년도 더 된 이 사건을 다시 떠올린 사람이 많았을 것이다.

"방사능은 필요 없어, 우유가 마시고 파."

이마와노가 노래에서 외친 말 외에 달리 할 말이 없다.

1845년 영국인 해군 장교이며 탐험가인 존 프랭클린(John Franklin) 경은 128명의 대원을 이끌고 두 척의 대형 증기선으로 캐나다 북부 해안지역을 향해 네 번째 탐험을 떠났다. 이 탐험의 성공을 의심하는 사람은 아무도 없었다. 프랭클린은 경험이 풍부해 신뢰할 수 있는 인물이고, 탐험대는 당시 최고의 과학기술을 동원한 최첨단 장비를 갖추고 있었다. 새로 발명된 스크루 프로펠러, 1,700권의 장서를 갖춘 도서실, 오르간, 최첨단 기술이었던 사진기.

식료 준비 역시 비슷한 예를 찾기 어려울 정도로 대단한 규모였다. 밀 6킬로그램, 초콜릿 4킬로그램, 차 1,000킬로그램, 그리고 고기·수프·채소 통조림 8,000개. 장기 보관이 가능하고 휴대가 간편하며 바로 먹을 수 있는 통조림은 19세기 초의 신발명품이다. 나폴레옹의 원정을 위해 발명된 병조림은 보관하기는 좋은 데 반해 무겁고 깨지기 쉬웠다. 이 결점을 해결한 발명품으로 새롭게 등장한 것이 금속제로 된 통조림이었다.

그러나 탐험대의 소식은 1년도 지나지 않아 완전히 끊겨버렸다. 영국 해군은 여러 번에 걸쳐 수색대를 파견하고 현상금도 걸어 프랭클린 탐험대를 찾기 위해 노력했다. 그러나 발견된 것은 초기에 사망한 것으로 보이는 세 명의 묘와 그 외의 유체와 유품의 일부, 에스키모(이누이트)의 목격 증언, 대원이 남긴 노트뿐이었다.

프랭클린 탐험대의 전멸에는 뭔가 납득이 가지 않는 점이 있었다. 어떻게 그 정도로 어마어마한 규모의 인원과 항해 기술, 그리고 특별한 장비까지 갖춘 탐험대가 마치 무슨 나쁜 마술에라도 걸린 것처럼 아무 저항도 없이 차례로 죽어간 걸까? 가혹한 북극권의 기후와 얼어붙은 바다에 갇혀버린 배, 괴혈병과 폐렴 같은, 상식으로 추정할 수 있는 요인 외에 뭔가 무시무시한 원인이 있었던 게 아닐까.

백 년이 더 지난 후에 나쁜 마술은 바로 통조림에 감춰져 있었다고 주장하는 연구자가 나타났다.

오웬 비티와 존 가이거의 『프로즌 인 타임』(Owen Beattie, John Geiger, Frozen in Time: The Fate of the Franklin Expedition, 1987. 3rd edition, 2004)에 의하면 1981년에 이루어진 조사에서 채취된

대원의 뼈에서 새로운 사실을 발견했다고 한다. 이상하리만큼 높은 수치의 납이 검출된 것이다. 이것이 대원의 건강에 큰 영향을 주었을 가능성에 주목한 그들은 초기에 매장된 세 명의 시신을 과학적으로 정밀 검사해야 한다고 생각했다. 얼어붙은 땅에 매장된 그들이 어쩌면 많은 것을 말해줄 거라 예상한 것이다.

예상은 적중했다. 최초의 관 뚜껑을 열고 시신을 감싸고 있는 푸른색 담요를 조심스럽게 벗긴 순간 조사자들은 순간 헉 하고 숨을 삼켰다. 살아 있을 때의 모습 그대로 얼어붙은 청년이 누워 있었기 때문이다. 캐나다를 대표하는 작가 마가렛 애트우드는 이 충격적인 영상을 단편소설 「납의 시대」(Margaret Atwood, The Age of Lead, 1991)에서 인상 깊게 다루며 영원한 이미지로 책 속에 각인했다. 그의 이름은 존 트린턴. 20세였다. 얼어붙은 땅에 누워 있던 다른 두 명도 잠시 잠에서 깨어났다. 셋 모두에게서 높은 수치의 납이 검출되었다.

당시에는 통조림을 밀폐하기 위해 납땜을 했다. 납과 주석 합금은 식기에도 사용되었다. 납 화합물을 대량으로 섭취하면 복통, 빈혈, 신경염 등의 증상이 나타나고 심한 경우에는 뇌변질증을 일으킨다. 20세기 초 영국에는 중증의 납중독 환자가 상당 수 있었다고 한다. 축적된 납이 신경에 영향을 주어 정상적인 판단을 할 수 없게 된 대원들은 실수를 거듭하고 폐렴과 추위에 견디지 못해 전멸한 것이라고 비티와 가이거는 추측했다. 남겨진 프랭클린 대원의 통조림을 조사해보니 납땜 부분이 두껍고 묽어서 통조림 내부로 스며들어 녹기 쉽게 됐었다고 한다. 탐험대의 대량 주문을 짧은 기간 내에 맞추려 했던 공장이 불량품을 그대로 내보낸 것이 아닐까.

하지만 단순히 생각하면 근본적인 의문이 든다. 프랭클린 탐험대가 죽음의 비극을 연출하는 옆에서 에스키모들은 건강하게 식사를 하고 사랑을 하며 가족과 평온한 일상을 보냈다. 이거, 뭔가 이상하지 않나? 기묘하다고밖에 할 수 없다. 같은 장소, 같은 기후 조건 하에서 발달된 기술을 자랑한 영국인들은 왜 고통에 몸부림치며 죽어가야 했던 걸까?

탐험대의 인원을 최소한으로 줄이고 장비도 가능한 한 단출하게 꾸려 에스키모들과 바다표범을 사냥해 날고기(비타민이 풍부하다)를 먹고, 그들의 말과 지식을 배우며 여행할 수도 있었다. 왜 프랭클린은 그렇게 하지 않았을까. 그렇게 했다면 죽지 않고 돌아갈 수 있었고, 보다 정확하고 보다 깊은 지식도 얻을 수 있었을 터다. 1836년, 호주 동해안의 만(灣)에서 스털링 캐슬(Stirling Castle) 호가 난파되었다. 조난당한 선장의 아내 프레이저 부인(Eliza Fraser)은 호주 원주민에게 구조되었는데, 전혀 도움이 되지 않는 여자라고 모두의 비난을 받으면서도 꿀을 채집하고 감자 캐는 일을 도우며 먹을거리를 나눠받았다. 얼마 후 그녀는 도망친 백인 죄수에게 발견되어 영국으로 돌아갈 수 있었다.

그러나 귀국 후 프레이저 부인은 '알몸으로 야만인과 지낸 여자'라는 꼬리표가 붙어 사람들의 구경거리가 되었고, 그것으로 생계를 연명했다는 소문도 있다. 곤 네이티브(gone native), 즉 '토인화한 백인'은 깊은 오지에서 퇴화하고 야만인화해 타락한 별난 인간 취급을 당했다. 온갖 혐오스런 말을 듣고 경멸을 당했다. 만일 프랭클린이 프레이저 부인처럼 '토인화'했다면 무사히 성과를 올리고 돌아왔어도 학회나 정부로부터 인정받지 못했을 것이다. 미안한데 먹을 것 좀 나눠주세요, 죽을 거 같으니 도와줘요, 하고 머리 숙여 에스키모에게 부탁하지 못했던 것은 애초에 그런 발상이 없었기 때문일지 모른다. 당시의 서양은 '토인'의 토지를 '무인(無人)의 땅'이라고 생각했다. 당시의 서양은 토인의 토지를 '무인의 땅'이라고 생각했다. 그런 곳을 최첨단 문명이 최신 기술을 동원해 탐색하고 정복한다는 식으로 사고하고 있었다. 자신들이 보유한 첨단 과학과 풍부한 물자를 과신한 나머지 토착민에게는 생명의 젖줄과도 같은 대지를 적대시하며 착취하고 지배하려 했던 것이다. 그런 생각을 가진 사람들은 모습을 바꾼 채 지금도 요소요소에 존재한다.

근대과학의 모든 것을 부정할 생각은 없다. 큰 병에 걸렸을 때 수술과 마취와 합성약물이라는 근대과학이 만든 첨단기술의 도움을 받았다. CT스캔과 MRI가 없었다면 나는 지금 존재하지 못할 것이다. 입원 병동에서는 마땅한 치료 수단이 없거나 원인을 알 수 없는 병 때문에 입원과 퇴원을 반복하는 사람들이 바다 건너 다른 나라에까지 가서라도 하루 빨리 새로운 연구의 시험 대상이 되기를 바라고 기술의 발전을 고대하고 있었다.

그러나 물자와 기술이 아무리 발전해도 생명에 친절하고 배려하는 우주소년 '아톰적인 미래'가 기다리고 있다고는 적어도 선진국 사람들은 믿지 않는다. 물질적으로 또는 편리함에서 더 이상의 발전은 없다. 어떻게 생명을 유지하고 순환시킬지, 차고 넘치는 곳에서 부족한 곳으로 에너지를 돌려 전체적으로 규모를 축소해나갈지 그 방법을 생각하는 것이 중요하다. 일본에서 지진이 일어났다, 원자력 발전소 사고가 일어났다, 하는 소식을 들은 순간 세계의 데이 트레이더들이 재빨리 반응하는 것을 보며 머니 게임도 다 됐구나, 대충 끝이 난 게 아닐까, 하는 기분이 들었다. 다른 발상, 다른 이론, 다른 윤리에 대한 관심의 형태는 다르지만 차츰 확산되고 있다.

현지에 대한 것은 현지인에게 물으면 된다. 여기서는 무얼 먹으면 돼요? 어떻게 하면 이 추위, 더위를 견딜 수 있죠? 이런 걸 해도 괜찮을까요? 부탁해보고 안 된다고 하면 돌아가는 수밖에 없다. 간단하다. 그런데도 오랜 경험과 지식을 가진 현지인에게 아무 상의도 없이 '탐험'하고 '개발'하는 어리석은 행동이 계속되고 있다.

사려 깊지 못하고 오만하며 탐욕스러운 문명의 보복을 당하는 것이 평소 문명의 은혜를 입는 사람들이 아니라 주변 취급을 당해온 토지의 사람들이란 사실에는 쉽게 납득이 가지 않는다. 권력의 중추에서 멀리 떨어진 토지의 사람들을 경멸하고 멋대로 위험시설을 짓거나 실패하면 독을 뿌리는, 그런 일이 지금까지 너무 많이 이루어졌다. 반세기 전, 호주 중앙사막의 서부에서 행해진 영국의 핵실험으로 쏟아진 대량의 세슘에 대해 아무 소식도 듣지 못한 피찬차차라(Pitjantjatjara) 족 사람들(그들은 자신들 아난구Anangu라 부른다)이 예쁘다며 만지고 몸에 문지른 일도 있었다. 그 영향은 지금도 계속되고 있다. 방사능은 필요 없다, 안전한 밥상을 돌려 달라. 아난구들과 함께 지금의 일본인도 크게 수긍할 것이다.

제 3 장

기억의 접시

고드름 먹기

"고드름 먹으면 맹장 걸려."

리카의 말이 거짓말인 줄 알았지만 아무 대꾸도 하지 않았다. 빨간색 털실로 된 벙어리장갑 안 고드름은 작고 투명한 유리 세공품 같았다. 눈 속에서 놀며 아무 생각 없이 고드름을 핥아보았다. 맛있어 보이니까.

어릴 적 이야기다. 나는 일 년의 반은 눈에 묻혀 있는 이시카리 평야(石狩平野, 이시카리 강 유역에 펼쳐지는 홋카이도 최대의 평야-옮긴이)에서 자랐다.

태어난 곳은 친가인데, 그곳은 임시 거처였고 몇 년 후 부모님은 나를 데리고 도쿄로 돌아갔다. 두 살 때 비행기를 타고 삿포로 근교로 거처를 옮겨 열한 살에 시내 북부로 이사할 때까지 그곳에서 살았다. 지방의 신흥주택지라고 하면 평범한 현대 일본의 풍경이 머릿속에 그려질 것이다. 실제로 그렇기도 했다. 하지만 완전히 다른 표현이 가능한 곳이기도 했다. 홋카이도 이시카리초(石狩町) 다루카와무라아자(樽川村字) ×번지. 북쪽 바닷가에서 이어지는 길을 따라 걷다가 돌의 벌판에서 사냥을 하다 다다른 마을, 나무통에는 술, 강에는 연어…….

신비로운 이야기 같은 한자 지명은 중앙우체국에서 보내지는 우편물이 이 변경에서 파란 삼각형 지붕의 집을 찾을 때까지 거칠고도 기나 긴 여정을 말하는 것 같았다. 고도성장기가 부추긴 물질적 풍요에 대한 심취와는 골짜기 하나만큼 커다란 차이가 나는 생활이었지만 식탁은 풍요로웠다. 집을 지어 파는, 일명 건매단지(建賣團地)였는데, 단독주택에 넓은 마당이 딸린 곳은 홋카이도가 아니면 누릴 수 없다. 자작나무, 겹벚나무, 코스모스, 많지는 않지만 채소도 심었다. 봄이 되면 마당의 벚나무 잎을 따서 사쿠라모찌(소금에 절인 벚나무 잎으로 싸서 찐 떡–옮긴이)도 만들고

들에서 쑥을 뜯어 경단도 만들어 먹었다. 머위, 시소(일본깻잎), 머위대도 집 주위에서 쉽게 구할 수 있었다.

겨울에는 눈보라가 자주 몰아쳤다. 눈보라는 이따금 한 번씩 모든 것을 새하얗게 가둬버린다. 위에서 내리는 눈과 지면에 쌓인 눈이 바람에 흩날리면 전후좌우는 물론 위아래로 구분할 수 없을 정도로 하얀 눈에 갇혀버린다. 길을 걸으면서 세상에 자신 외에는 아무도 없는 것 같은 기분이 들었다. 어떤 일이 벌어지건 무엇이 나타나건 이상할 게 없었다. 하룻밤 자고 나면 길가에 세워둔 대형 트럭도 바람에 날린 눈에 묻혀 어디 있는지 보이지 않는다.

따뜻한 지역에서 자란 사람은 추운 지방에서의 생활은 생각하기도 싫어하는데, 추운 지방에서 자란 사람도 따뜻한 곳에서 지내면 추운 곳은 두 번 다시 싫다고 말한다. 확실히 생활 면에서는 길과 지붕의 제설 작업처럼 눈과 얼음은 싸우지 않으면 안 될 상대지만 반은 공상 속에 사는 어린아이에게는 처마 끝에 매달린 고드름도 수도관이 얼어붙는 것도 힘든 일거리가 아닌 신비 그 자체였다. 아무도 밟지 않은 뽀송뽀송한 가랑눈 위를 장화

발로 뽀드득 뽀드득, 녹말을 발로 다지듯 소리를 내며 걷는 것이 무척 재미있었다.

기온이 영하로 떨어지면 눈의 결정이 보인다. 구름 위에서 자그만 손을 가진 장인이 정중하고 끈기 있게 만들어낸 기하학적 무늬의 조각 하나가 코트 위에 떨어지면 돋보기를 들이대지 않아도 복잡한 모양이 선명히 드러난다. 천공에 사는 눈 직인의 기술은 정밀함의 극치로, 나는 일부분을 짐작할 뿐이다. '눈 박사'로 불리는 나카야 우키치로(中谷宇吉郎, 물리학자)의 수필을 보면 홋카이도 산중에서 눈의 결정과 단면을 사진에 담아 실험실에서 결정을 만드는 이야기가 나오는데, 거기에 나오는 계단형과 장구형 입체 결정은 아직까지 본 적이 없다. 이후에 살았던 러시아에서도 보지 못했다.

눈이 많이 내리는 지역에서 자랐음에도 여전히 눈과 얼음은 신비롭고 아름답다. 열대지방에서 자란 사람에게는 더더욱 그럴 것이다. 18세기, 우여곡절 끝에 영국에 가게 된 아프리카 소년은 하늘에서 내리는 새하얀 가루가 배의 갑판에 쌓이는 것을 보고 누가 못된 장난으로 소금을 뿌리는 줄 알았다고 한다. 그러나 가루를 손바닥으로 받아서 혀로 핥아보고는 깜짝 놀랐다고, 오랜 시간이 지나 자신의 자서전에 적어놓았다. 카리브 해의 작가 진 리스는 "열여섯 살 때 열대의 아름다운 작은 섬 도미니카를 떠나 책으로밖에 읽지 못한 영국으로 건너갔는데, 좀처럼 영국인에게 익숙해지지 않고 추위에도 견디지 못했지만 눈은 좋아한 듯 "영국에 건너와 눈에게만 배신당하지 않았다, 눈이 내릴 때마다 먹고 싶었다"라고 썼다.

눈이 내릴 때마다 먹어보는 것은 적어도 나에게는 완전 익숙한 일인데, 내륙의 질척이는 진눈깨비나 습기를 머금은 함박눈과는 전혀 다른, 보송보송한 가랑눈과 한번 살짝 녹았다 다시 굳은 꺼슬꺼슬한 설원의 감촉은 마치 찹쌀가루나 사탕 같다. 그 위에서 뒹굴고 자빠지고 썰매를 타며 이게 전부 진짜 사탕이면 얼마나 좋을까, 왕성한 먹성을 이기지 못하고 망상에 젖기도 했다.

눈이 내리면 일제히 우산을 쓰는 내륙지방 사람들을 흉내 내어 홋카이도에서도 우산을 쓰는 사람이 늘었는데(지금은 당연한 일이 됐다) 내 눈에는 이상하게 보였다. 눈은 젖는 것도 아니고 털어내면 된다. 그런데 내륙에서는 눈을 맞으면 젖는다. 도쿄에서 그

걸 경험하고 납득이 갔다.

뉴질랜드의 마오리 족은 나의 강은 어디다, 나의 산은 어디다 하고 자기소개를 하며 인사하는데, 일본의 도시에서 살면 그런 인사는 할 수 없다고 스가케이 지로(管啓次郎, 비교문학가·소설가)가 말했을 때 순간 머릿속에서 떠올렸다. 나의 강은 이시카리, 나의 산은 테이네. 이시카리(石狩), 테이네(手稲)는 아이누(일본 홋카이도 등에 분포하는 소수 민족-옮긴이)어의 소리(音)에 시삼(sisam), 즉 왜인(和人, 아이누 입장에서 본 일본인-옮긴이)이 한자를 붙인 것으로, 중국에서 건너온 한자의 의미는 지명과 아무 관계도 없다. 이시카리베츠(이시카리 강을 뜻하는 아이누어-옮긴이)가 고불고불한 강이라는 뜻이라고 초등학교 부교재에 나와 있었지만 아이누어의 문법이나 성립에 대해서는 한 번도 배운 적이 없다. 헤이본샤(平凡社)의 『일본역사지명대계(日本歴史地名大系)』 홋카이도 편을 펴면 아이누어의 대평원이 펼쳐진다. 그것을 볼 때마다 나는 일종의 문맹이 된다. 의미도 모른 채 소리만 지표로 해 고향을 그리워하는 나는 문맹이다.

버스 종점은 방풍림으로, 눈앞에 펼쳐지는 숲에서는 뻐꾸기가 울고 아침이면 그 소리에 잠이 깼다. 숲속에 난 외길을 따라가면 이시카리 만이 나온다. 봄에는 얕은 여울의 물속에서 복사뼈 부근을 흔들어 발꿈치를 움직여서 모래에 밀어 넣으면 대합을 찾을 수 있다. 하루 종일 혼자 들판에 앉아 토끼풀을 꺾어 엮다 보면 저녁 무렵에는 기다란 꽃사슬이 되는데, 들고 가기 무거워서 그대로 버리고 간 적도 있었다. 둥글고 빽빽이 자란 라즈베리 색깔의 붉은 토끼풀 꽃잎은 가늘고 기다란 소켓처럼 하나하나 손쉽게 잡아 뺄 수 있는데, 안쪽에는 꿀이 들어 있다. 한 입 빨면 없어질 정도로 양이 적지만 꿀은 달콤하다. 혼자 들판의 풀을 뽑고, 야생하는 벌의 꿀을 먹으며 놀았다. 무성한 풀을 헤치고 들어가면 습지가 나오는데, 그곳에 사람 키보다 큰 부들이 나 있었던 기억이 선명히 남아 있다.

예전에 어떤 사람이 나처럼 외국에 자주 나가는 여자는 고향을 그리워하는 자연스럽고 풍부한 감정을 갖지 못하는 것이 유감이라고 쓴 글을 읽었다. 당신은 산과 강과 인사를 나눈 적도 없으면서 왜 일방적으로 그렇게 말하느냐고 항의하고 싶었다. 나의 강은 이시카리, 나의 산은 테이네, 야생하는 벌의 꿀을 먹고, 부들을 베고, 눈 속을 뒹굴며 놀던 기억이 지금도 선명하다. 누구나 기억에 남는 정겨운 장소와 평생 변함없이 지속되는 운명을 만나는 것은 아니다. 낯선 토지도 가보면 어디나 매일 밥 짓고, 물 걱정을 하고, 친구를 만나러 외출하고, 내일을 점치며 살아가는 사람들이 있다. 땅바닥에 앉아서 오가는 사람들을 쳐다보면 어디에 있건 계속 그곳에 살았던 기분이 든다. 어디나 사람이 살고 있다. 그게 전부다. 여기서부터 외국이다, 하고 선을 긋고 군사를 동원하고 몸을 움츠린 채 귀를 닫고 결국에는 원주민을 내쫓고 난민을 돌려보내는 것은 윤택한 것도 자연스러운 것도 아니다.

리카는 나보다 세상을 잘 안다. 리카의 집이 우리 집보다 세상을 잘 아는 것이다. 세상의 말은 강하다. 많은 사람이 그것을 믿기 때문이다. 그것에 맞서는 건 피곤한 일이다. 그런 생각을 조금씩 하게 되었다. 작고 빨간 아노락(후드가 달린 반코트)의 양쪽 소매 끝으로 끈에 달린 벙어리장갑이 나와 있다. 장갑을 잃어버리지 않게 장갑의 오른손과 왼손을 끈으로 이어놓은 것이다. 어설픈 자신과 세상의 엇갈림을 등에 지다 보니 털실로 된 끈 한 줄도 매우 성가셨다.

투명한 고드름도 생각해보면 석유난로의 연기에 오염된 지붕의 눈이 녹아 만들어진 물이 얼면서 생긴 거라서 맹장에 걸릴 수도 있다. 버리려고 했지만 얼음이 털실에 달라붙어 쉽게 떨어지지 않았다.

고드름에 특별한 맛이 있는 것은 아니지만 투명한 얼음 덩어리를 핥으면 달콤한 맛이 느껴지는 것 같다. 좋아하는 것은 아주 많다. 싫어하는 것도 그것과 조금씩 가까워지면 이해하는 부분이 생길 것이다. 그런데도 유치원이나 학교에 가게 되면서부터 "차렷", "앞으로 나란히" 구령에 맞춰 행동해야 하고, 멋대로 나다니면 안 되고, 종이 울리면 제자리에 앉아야 하고, 지금 하기 싫어도 해야 하고, 소지품 검사, 맹장 걱정 따위 잔소리에 귀가 아플 정도였다. 가만히 듣다 화가 치민 나는 와드득, 고드름을 베어 먹어버렸다. 화려한 새 코트를 걸친 리카는 '이 원숭이는 어느 산에서 온 거야' 하는 어이없는 표정으로 나를 보았다. 아름답고 투명하고 말쑥한 모양을 한 것들은 전부 나에게는 맛있는 거니까 내 알 바 아니다. 맹장으로는 죽는 일은 거의 없을 거라고 생각했다.

어른이 돼서는 고드름도 거의 본 적 없고 봐도 먹고 싶은 생각도 안 들지만 투명한 사탕이나 견과류를 넣은 캐러멜, 케이크 같은, 맛보다는 예쁘고 투명하고 말쑥한 모양으로 뭉쳐진 것을 좋아한다.

사막에 가면 마음이 차분해진다. 마치 눈보라를 볼 때와 같은 기분이다.

마음에 걸리는 한 접시

어느 겨울날 초저녁, 끝이 굽은 빗자루로 집 앞을 대충 쓸며 로한(고다 로한[幸田露伴], 소설가) 선생한테 혼나겠군, 하고 어깨를 움츠렸다. 집안일에 대한 고다 가(家)의 지도는 무술이나 예능의 영역을 넘어 도(道)의 경지에 이르렀을 정도다. 굽은 비를 펴기 위해 미지근한 물을 준비하고, 먼지떨이는 못 쓰는 종이로 만들라니 세상에 일본인 외에 누가 일상에서 그런 걸 실행할 수 있을까. 차라리 '청소도'라는 영화를 만드는 게 재미있을 거야. 그때 평소와 달리 지치고 힘없이 울리는 두부 장수의 삐—, 뿌— 하는 피리 소리에 감기라도 걸렸나 귀를 기울이려는데, 생각은 이내 다른 곳으로 흐른다. 『흐르다』(고다 로한의 차녀인 고다 아야[幸田文]가 1955년에 쓴 소설로, 영화화되었다-옮긴이) 하면 '죽'이 떠오른다.

사정이 있어 기생집에서 식모살이를 하는 리카가 연말을 코앞에 두고 감기에 걸려 고열이 나는 바람에 사촌언니 집에 잠시 신세를 지게 된다. 언니가 리카에게 내민 맛없는 흰죽.

"먹다 남은 질척한 찐 밥에 물을 붓고 한소끔 끓이면 이런 맛없는 죽이 된다는 것을 리카는 알고 있다.…… (중략) 거실거실한 밥알이 그것을 여실히 말해주고 있다."

맛없는 죽 문학상이 있다면 역시 1등은 고다 아야일 것이다. 빈약한 밥알로는 『다리가 없는 강(橋のない川)』(스미에 스에 住井すゑ의 소설. 두 번에 걸쳐 영화화되었다-옮긴이)이 앞서겠지만 정성이 담기지 않았다는 점에서는 단연 『흐르다』의 죽이 최고다. 그런 생각을 하며 질그릇 냄비에서 팔팔 끓고 있는 닭죽을 나무 수저로 저어 한 숟갈 뜬다. 후우—.

맛없는 죽 문학 하면 『올리버 트위스트』의 명장면, "죽 한 그릇만 더 주세요"도 잊을 수 없다. 보리죽인 포리지(porridge)는 아무렇게나 끓여서 식히면 정말 맛이 없는데, 팔팔 끓는 물에 보리

알갱이를 훌훌 넣고 잘 익혀서 메이플 시럽과 우유를 살짝 섞어 먹으면 의외로 맛있다. 이 방법은 호주에서 스코틀랜드계의 할아버지에게서 배웠다. 그 집에서는 목탄 난로에 냄비를 걸고 매일 아침 포리지를 끓여 먹는다. 난로 앞에는 털이 뻣뻣한 잡종견이 항상 배를 깔고 누워 있다.

그리고 상트페테르부르크(Saint Peterburg)의 호텔에서 아침식사로 나왔던, 맷돌에 간 러시아 밀로 만든 하얗고 부드러운 죽. 정말 맛있었다. 정성껏 죽을 쑤어서 뜨거울 때 먹으면 맛있고, 아무렇게나 끓인 것을 냉담하게 들이밀면 그 맛없음이 그대로 슬픔으로 느껴진다. 죽이란 상당히 인간적인 음식이다.

태어나서 가장 맛있는 음식을 먹은 게 언제였더라. 사실은 함부로 '가장' 맛있다고 말할 수는 없다. 배고플 때 먹는 음식만큼 맛난 게 없고, 목이 말랐을 때 마시는 한 잔의 물만큼 시원한 게 없다. 그래도 가장 맛있었던 기억, 지금도 놀라움과 함께 떠오르는 것은 러시아에서 했던 식사다.

안톤 체호프(Anton Pavlovich Chekhov)의 작품에서 가장 좋았던 것은 와냐 아저씨도 벚나무 정원도 아닌 블리니 이야기다. 최근에 단수형이 '블린'이라는 이야기를 읽고 그랬구나, 하고 고개를 끄덕였다. 맷돌에 간 밀의 달콤함과 얇게 구운 쫀득쫀득한 팬케이크를 도저히 한 장만 먹고 끝낼 수 없어서 복수형밖에 몰랐다. 갓 구운 블린에 먼저 버터를 바른다. 버터 위에 양파 마리네이드(marinade, 생선, 식초, 향미료 등을 섞은 양념장-옮긴이), 허브, 피클, 훈제연어, 식초에 절인 청어, 이크라(연어의 알젓), 철갑상어 알 등 입맛에 맞는 고명을 얹어서 요렇게 요렇게, 아냐, 틀렸어, 이거야, 이걸 거야, 흐음, 완벽해, 돌돌 말아 잘 먹겠습니다, 하고 입을 벌리는 중에 뇌졸중 발작을 일으켜 그 사람은 뒤로 발랑 넘어지고 구급차에 실려 간다. 그게 전부인 이야기다.

왜 그런 이야기가 좋았을까. 지금 추측하건대 아마도 그것이 초등학생이었던 나에게는 이상적인 죽음이었기 때문일 것이다. 어릴 적 나는 늘 피곤했다. 할 수만 있다면 황금색의 팬케이크 앞에서 죽어 학교를 그만 다니고 싶다. 그러나 그 전에 이 팬케이크를 먹고 싶다, 많이, 마음에 걸리지 않게 잔뜩 싸두고는 먹고 싶다. 어른이 되어 레닌그라드, 지금의 상트페테르부르크에서 그 꿈이 실현될 줄은 생각지도 못했다. 소비에트 연방, 러시아어로

USSR을 의미하는 CCCP의 시대다. 모스크바 올림픽이 열리기 전 해였다.

모스크바의 루뭄바대학 근처 구프키나 가(街)에 있는, 연구소 직원과 외국에서 온 연구원 가족이 사는 고층 아파트(모스크바 시내의 주택은 기본적으로 거의 중·고층의 아파트다—옮긴이) 1층에서 10개월을 살았다. 넓기만 한 도로와 의지할 데 없는 커다란 건물들 사이에 음식의 기미는 희박하기만 했다. 근처 상업시설의 1층에는 휑한 공간에 올림픽 매스게임을 떠올리는, 일정한 간격과 리듬으로 생선 라벨이 붙어 있는 통조림만 화려하게 대량으로 쌓여 있었다.

아이스크림이나 빵을 파는 노점이 지하철역 앞에 나타나면 금방 사람들이 길게 줄을 선다. 길가 빵가게에도 사람들이 길게 줄지어 서 있었다. 양질의 물건을 파는 곳은 제한되어 있었다. 쌀에는 겨뿐 아니라 작은 돌도 섞여 있었다. 레스토랑과 카페도 있었지만 서비스와 메뉴는 초현실적으로, 가령 한 식당의 '달걀수프'는 맑은 콩소메(Consommé) 수프 한가운데 삶은 달걀이 달랑 떠 있을 뿐이었다.

그러나 빠져나갈 방법은 준비되어 있었다. 외국인이라면 달러나 상품권으로 물건을 살 수 있는 특별한 가게에 가면 된다. 스위스 초콜릿과 프랑스 화장품, 캘리포니아 쌀, 독일제 부츠도 그런 가게에서 전부 살 수 있다. 또, 루이노크라는 자유시장에서는 가정에서 기른 채소 등 개인이 여가를 활용해 재배하거나 만든 물건을 사고파는 것이 허락되었다. 애완동물, 꽃, 과일, 그 외에도 여러 가지 물건들이 루이노크에서 판매되었다. 값은 비쌌지만 질이나 구색은 국가가 경영하는 초현실적인 매점과는 비교가 되지 않았다. 중앙아시아 쪽에서 가져오는지 큼직하고 윤기나는 석류와 하얗게 안개 낀 것 같은 껍질을 가진 포도며 커다란 멜론, 길고 가는 수박도 있었다. 화학비료나 농약 같은 인공 처리가 서유럽만큼 발달하지 않았기 때문일 수도 있지만 채소나 과일들이 하나같이 싱싱하고 맛있었다. 크림이 위에 떠 있는 갓 짠 우유는 빨리 부패하지만 그 맛에 익숙해지자 일본의 우유는 맹물처럼 느껴졌다. '오케안'이라는 어시장에 가면 생선초밥거리도 그럭저럭 구할 수 있었다.

인형극단 단장인 게르츠 씨 아파트에 점심식사 초대를 받은 적이 있었다. 아파트를 찾아갔을 때 게르츠 씨는 독일계 귀족이라는 조상으로부터 물려받은 팔걸이의자를 수선 중이었다. 엉덩이가 닿는 좌면(座面)을 직접 다른 천으로 갈아 붙이던 참이었다. 식탁에는 가지런히 놓인 채소와 편육 모둠, 큼직하게 구워 자른 고기파이를 비롯해 다 먹을 수 없을 만큼 푸짐하게 음식이 차려져 있었다. 메뉴를 써줬으면 하고 생각했던 기억이 난다. 전부 먹을 수 없다면 어떤 음식이 올려졌는지 확인이라도 하고 싶었기 때문이다. 계급이란 것을 처음 느낀 것이 게르츠 씨 집이었다. 어투, 교양, 생활양식, 집의 가구나 인테리어까지 내가 지냈던 아파트의 서민적 러시아 이웃과는 완전히 달랐다. 그 시대에는 엄연히 차이란 것이 있었다.

모스크바에서 야간열차를 타고 하룻밤 자고 나니 상트페테르부르크였다. 제정러시아 시대에 표트르 대제가 건설한 백야의 도시는 네바 강에 세워진 아름다운 도개교와 유럽식 건축을 그대로 유지한 채 소연방시대에는 혁명의 지도자 레닌의 이름을 붙인 도시가 되었다. 레닌그라드 호텔로 불렸던 그 커다란 호텔도 현재는 이름이 바뀌었다. 당시는 외국인을 상대로 한 특별한 숙박시설이었다. 지금은 옛날이야기가 되었지만 소련 시절에는 아무나 좋아하는 곳으로 여행을 가고, 좋아하는 곳에서 숙박을 하고, 이사를 가거나 해외에 나가지 못했다.

레닌그라드 호텔에서 나는 블리니와 버터, 캐비어(철갑상어알)가 차려진 식탁에서 식사를 했다.

성찬에 관심이 없는 부모님(나의 먹보 기질은 조부모의 유전인 듯하다—옮긴이)과 아직은 많이 먹지 못하는 초등학생인 남동생과 여동생을 곁눈질하면서 나는 가족의 저녁식사로 차려진 블리니를 거의 독점해, 체호프 작품의 등장인물처럼 버터·올린다·돌돌 만다·먹는다, 버터·올린다·돌돌 만다·먹는다를 질릴 때까지 반복했다. 그리고 아침은 아침대로 동생들을 거느리고 뷔페식의 넓은 홀을 맘껏 누비며 앞에서 설명한 만나야 까샤(Манная каша)라는 부드럽고 달콤한 하얀 죽을 여러 그릇 해치운 뒤 거대한 시모바르(찻물을 끓일 때 쓰는 커다란 주전자—옮긴이)에 든 차를 마시고, 마무리로 높이 쌓인 메렝게의 산에서 하얗고 깨지기 쉬운 과자를 손수건에 가득 담아 끝없이 이어지는 복도를 동생들과 키득거리면서 달렸다. 겨울의 페테르부르크는 오후 3시면 해가 져서 캄캄하다. 빈말이라도 신난다고 할 상황은 아니지만 체호프의 블리니를 실현한 나는 정말이지 행복했다.

당시 우리 삼남매가 다녔던 모스크바의 일본인 학교에서는 초등학교 1학년부터 중학교 3학년까지 1년에 한 번 몇몇 그룹으로 나눠 여기저기 수학여행을 떠났다. 그 가운데 중학생은 십여 명 정도였는데, 우리는 에스토니아 공화국의 수도 탈린(Tallinn)으로 가게 되었다. 에스토니아, 라트비아, 리투아니아. 발트3국은 현재 모두 독립한 EU가맹국인데, 당시는 소련연방의 공화국이었다.

탈린은 중세 건물이 많이 남아 있는 한자동맹(중세 후기 북해·발트해 연안 도시들이 상업적 목적으로 결성한 동맹－옮긴이) 도시로, 위도는 모스크바보다 북쪽이지만 요트의 하얀 돛이 떠 있는 계절, 바다의 인상은 밝고 아름다웠다. 네모나고 편평한 돌로 포장된 중앙광장과 마주보는 시청 청사 홈통의 용 모양 장식, 다리 달린 잔에 뱀을 배치한, 연금술사가 떠오르는 놋쇠로 된 간판이 눈길을 끄는 좁은 골목은 동화책 삽화에서 보았던 중세 유럽과 똑같았다. 이런 곳을 소련의 일부라고 하는 것은 무리라고 생각했다.

핀란드인과 에스토니아인은 각자 자신의 언어로 말해도 상대와 말이 통한다고 한다. 모스크바보다는 헬싱키가 지리적으로나 문화적으로 훨씬 가까운 것이다. 핀란드에서 수입된 물건도 있었지만 거리의 상점에서 파는 물건을 봐도 모스크바보다 훨씬 예쁘고 귀엽다. 러시아는 유럽이 아니다. 탈린은 내가 본 최초의 유럽이었다.

레스토랑도 서비스라는 발상이 전무한 소련과 달랐다. 나이프로 빙그르 파내어 동그란 공 모양으로 내놓은 버터 하나에도 우리는 완전 감격했다. 모스크바에서는 절대 있을 수 없는 일이다! 음식도 맛있었다. 다 먹지 못할 정도다. 디저트로 케이크가 나왔을 때 우리는 너무 배가 불러서 먹을 수 없었다. 크림과 버찌로 예쁘게 장식된 케이크를 먹지 못하는 게 안타까웠다. 너무 안타까워서 도저히 그대로 둘 수 없었다.

어린아이가 부모 품을 떠나 친구와 어울려 놀 때처럼 우리는 한껏 들떠 있었다. 누군가 그 케이크에 차를 부어 먹지 못하게 만들자고 말했다. 모두 좋은 아이디어라고 고개를 끄덕였다. 찌부러진 케이크를 냅킨으로 덮어 감추고 종업원이 접시를 치우는 걸 모르는 척 지켜보며 키득거렸다.

그게 전부다. 아마 친구들은 그때 일을 기억도 못할 텐데……. 하지만 탈린의 케이크 접시를 생각하면 나는 지금도 마음이 아프다.

어린아이가 한 일이라 이유는 명확하지 않다. 모두 똑같은 기분으로 그런 행동을 하지는 않았을 것이다. 단순한 장난일 뿐이야, 너는 뭐든지 과장되게 생각해. 아마 그렇게 말하겠지. 하지만 나는 그 행동이 그 시대, 그 나라의 독특한 억압감과 무연하지 않다고 생각했다. 빅터 프랭클이 쓴 『밤과 안개』에 나오는, 나치 수용소에서 갓 풀려난 사람이 일부러 밭을 가로질러 보리새싹을 밟으며 걸어가는 장면에서 그 접시를 떠올렸다. 물론 지나친 생각일 수 있다. 하지만 나에게 탈린의 케이크 접시는 해방된 인간의 난폭한 행동의 상징이 되어버렸다.

아무리 아이라도 소련에 살면서 감시와 압력의 기미를 전혀 느끼지 못할 리 없다. 19세기 문호가 태어난 병원이 초라한 건물이 되어버린 것을 보러 갔다가 인기도 없는 그 부근을 카메라에 담으려는 순간 어디선가 나타난 덩치 큰 여성이 “녯(нет, No라는 뜻의 러시아어 – 옮긴이)" 하고 소리치며 카메라를 내 손에서 빼앗아 필름을 쫙 빼버린 일이 희미하게 기억난다. 그때 길을 지나는 버스 안에서 이쪽을 보던 사람들은 하나같이 무표정한 얼굴이었다. 개인적으로 친분이 있던 러시아인들은 야무지지 못하고, 소박하고, 상냥하고, 매우 인간적이었는데, 그것도 그 나라의 얼굴이다. 혁명을 찬양하는 행사에서 거리로 투입된 전차 행렬은 이상할 만큼 노골적인 폭력성을 띠고 있었다. '진실(프라우다)'이라는 이름의 신문이 당(黨)에 어울리지 않고, 나라의 체면을 구기는 일은 물론 외국인의 교통사고 소식도 싣지 못한다는 것은 잘 알려져 있었다. 빵은 저렴하고 물도 전기도 주거도 원칙적으로 모두에게 공급되었고, 집합주택의 중앙난방은 추위에 몸의 감각이 둔해질 걱정 없는 겨울을 보장해주었지만(고장 나지 않는 한) 인간의 욕심은 끝이 없다. 1970년대 말 일본에서는 돈 있는 사람들에게는 필요한 것은 이미 충분히 보급되었고, 산리오의 캐릭터 상품으로 상징되듯이 굳이 없어도 되는 물건들에 이미지적인 부가가치를 붙여 전략적으로 물건을 파는 떠들썩하고 요란한 장사가 더욱 격렬해졌다. 그런 사회에 익숙해졌던 나는 프릴이 전혀 달리지 않은 러시아의 소비 생활이 성에 차지 않았을 것이다. 욕심쟁이 문화에 조금 가까웠던 탈린에 머물 때 여러 가지 의미에서 억압됐던 기분이 갑자기 표출되어 그런 행동으로 이어진 게 아닐까.

탈린에는 두 번 다시 오지 않을 거야. 그때 나는 그렇게 생각했다. 하지만 30년이 지나면 어떨까, 상상도 안 되지만……. 그때 난 뭘 할까.

30년 후 에스토니아는 독립했고, 탈린은 인터넷 전화 스카이프(Skype)의 발상지로 알려진 IT도시가 되었다. 반면에 나는 크게 달라진 것 없이 그때의 그 케이크 접시를 생각하고 있다. 만일 탈린에 다시 갈 수 있다면 이번에는 디저트도 깨끗이 비워줄 거라고 욕심쟁이 먹보 머리로 생각했다.

고래에 관한
솔직한 이야기

고래 고기국은 설날 대표 음식이었다. 큼직한 냄비에 우엉, 당근, 파, 곤약, 그리고 고래 고기 베이컨을 잘게 썰어 투입한다. 양념은 담백하게 소금, 간장, 맛술 정도로 맛을 냈던 것 같다. 고래 고기 베이컨의 60, 70퍼센트는 허연 비곗살이다. 지방이 많은 덕에 끓는점이 높아져 겨울이면 홋카이도의 집에서 한자리를 차지하는 커다란 석유난로 위에 오랜 시간 끓여도 넘치는 일이 없다. 화상을 입을 만큼 뜨거운 국물을 후후, 소리 내어 식혀가며 먹었다. 비곗살은 잘 씹히지 않아서 질겅거리며 씹는 시늉을 하다가 살짝 뱉었다. 캐나다 변경을 무대로 한 이야기만 쓰는 신비한 명작가 하워드 노먼(Howard Norman)의 소설에 바다표범의 비곗살을 질겅거리는 에스키모 아줌마가 나오는 것을 읽고 한 번도 본 적 없는 먼 친척을 찾은 기분이 들었다('날고기를 먹는 사람들'이라는 뜻의 에스키모가 무조건 차별어라고는 할 수 없단 것도 그의 작품을 읽고 알았다 – 옮긴이).

왜 고래를 먹을까. 이유는 간단명료했다. 값이 싸기 때문이다. 소고기는 거의 못 먹는 집에서도 고래 고기는 부담 없이 먹을 수 있는 서민 음식이었다. 급식의 기본 반찬으로 유명한 고래 고기 튀김을 정겨운 추억인 양 말하는 내륙 사람도 많은데, 나는 먹어 본 적은 없다. 어쨌든 그것 역시 값이 쌌기 때문에 급식 메뉴로 자주 등장했을 것이다. 어쨌든 고래는 친근한 먹을거리였다.

사람들은 대체로 포유류는 맛있다고 생각한다. 호주 원주민 시인인 캐스 워커(후년에 우드거루 누누쿨[Oodgeroo Noonuccul]이라는 애보리진 이름으로 바꿨다)가 고향 스트래드브로크 섬(Stradbroke Island)에서의 듀공 사냥에 대한 추억을 수필로 썼다.

"듀공이 왔다!"

마을 사람들이 소리치며 기뻐하는 장면을 읽으면서 듀공이 그렇게 맛이 있구나, 하고 감탄했다. 돌고래는 맛이 없다는 소문이 있는데, 그건 조리법을 잘 모르는 사람이 하는 말이다. 시즈오카 현 동부 사람들은 갓 잡은 싱싱한 돌고래의 피를 제거한 뒤 푹 삶아서 즐겨 먹었는데, 정말 맛있다고 한다. 캐나다 북쪽 지방이나 스트래드브로크 섬, 시즈오카의 해안지역 사람들도 옛날부터 바다에 사는 포유류를 잡아먹었다. 다른 지역 사람들에게는 색다른 음식일 수 있지만 그들로서는 오랫동안 친숙하게 먹어온 음식이다. 그러니 괜히 트집 잡는 소리 따위는 듣고 싶지 않을 것이다.

각 지역을 대표하는 먹을거리는 외부인에게는 낯설 수 있지만 익숙해지면 대부분 맛있다. 메이지시대 초기만 해도 영국인이 소고기를 먹는다는 것은 일본인에게는 미심쩍은 이야기였다. 지금은 일본인의 입맛에도 익숙해져서 완전히 정착되었다. 돼지피로 버무린 순대나 양의 뇌 튀김, 날생선도 익숙하지 않아서 별나게 보이는 것이지 막상 먹어보면 그렇지도 않다. 맛있다.

대학 때 고래 고기가 맛있다는 것을 처음 알았다. 친구와 여행 갔던 구시로(釧路)의 초밥 집에서 붉은 살 생선초밥을 먹었는데, 너무 맛있어서 밤에 그 초밥 집 꿈을 꿨을 정도다. 가격도 저렴했다. 너무 맛있고 값도 싸서 격찬을 하자 그럼 이건 어떠냐며 슬쩍 내민 것이 고래였다. 불쾌한 냄새도 없고 쫀득쫀득 신선하고 맛있었다. 초밥을 한입 가득 먹는 나의 얼굴은 아마 듀공을 먹는 호주 원주민의 어린아이처럼 행복한 표정이었을 것이다.

이런 이야기를 이렇게 일본어로 태연하게 쓰고 있지만 이것이 만일 영어였다면 심각한 일이 될 수 있다. 오늘날 고래는 매우 민감한, 말하자면 정치적인 고깃덩이이기 때문이다. 일부 국가들은 절대로 고래를 먹어서는 안 된다고 주장하고 있고, 그런데도 꿋꿋하게 잡아먹는 일본은 맹비난을 받고 있다. 그 비난 대열의 선봉에 선 나라가 호주다.

이 상황, 아무래도 제1차 세계대전의 파리 강화회의와 흡사하다. 베르사유에서 일본의 마키노 노부아키(牧野伸顯) 차석대사는 국제연맹을 만드는 데 있어 인종차별을 철폐하는 조항을 넣어달라고 주장(이라고는 하지만 인도적 견지에서의 제안이 아니라 일본을 일등국으로 인정해달라는 것이었다)했다. 이런 일본의 주장에 대해 긍정적으로 생각한 나라가 의외로 많았다. 그러나 절대 양보하지 않고 강경하게 반대한 것이 당초 반발을 예상했던 미합중국이 아닌 호주였다. 아시아인이 백인을 대신해 세계를 쥐락펴락할 것을 우려하는 소위 황화론(黃禍論, 청일 전쟁 말기인 1895년경, 독일 황제 빌헬름 2세가 주장한 황색 인종 억압론)이 가장 고조되었던 곳이 영국 본토에서 멀리 떨어져 있고 바로 북쪽에 직면한 아시아 여러 나라의 세력을 경계했던 호주였다. 백호주의(白豪主義 호주에서 백인 이외의 유색 인종의 입국이나 이민을 배척하던 백인 우선 정책-옮긴이) 시대, 백인 노동자들이 아시아계 이민의 배척운동을 벌이던 때에 어설프게 인종차별 철폐에 찬성하면 선거에서 패배한다는 호주 정부의 사정 때문이었다.

지금의 호주는 다문화국가다. 그래서인지 일본보다 이민과 난민에 대해 관대하다. 유색인종에 대한 편견이나 제2차 세계대전 때의 일본군 포로 대우를 둘러싼 문제가 완전히 사라진 것은 아니다. 그러나 호주의 입장에서 일본은 중국 다음으로 중요한 무역 상대국인 만큼 대일 감정은 비교적 좋은 편이다.

고래는 이야기가 다르다. 대중의 감정이 포경을 반대하는 쪽으로 기울어져 있어서 그 부분을 부추기면 표심으로 이어지므로 정부는 포경 반대를 철회하지 못한다는 것이 대체적인 견해다. 그래서 일본인이 무슨 말을 하면 마키노 대사도 이렇게 고생했겠구나 싶을 만큼 심한 논쟁에 휘말린다.

먹을거리와 동물보호, 환경보존의 이야기를 인종편견 이야기와 같이 다뤄서는 곤란하다고 말하는 사람도 있을 텐데, 이와 유사한 상황은 흥미롭다. 식재료를 둘러싼 편견이 세계에는 존재한다. 논쟁의 표적이 되는 식재료가 있고, 그것을 먹는 인간을 야만인으로 보는 것이다. 식재료와 인종편견은 사실 밀접하게 이어져 있다. 인간은 무엇을 먹어야 하고 무엇을 먹어선 안 될까. 이것은 문화의 문제, 경제의 문제, 건강의 문제, 윤리의 문제, 환경의 문제다. 고래 고기국은 까다로운 정치의 야미나베(사람들이 갖고 온 재료를 어둠 속에서 냄비에 넣고 끓여 무엇이 들어 있는지 모른 채 먹고 즐기는 놀이, 또는 그 음식)가 되어버렸다.

호주인이 빠뜨리지 않고 언급하는 것이 과학적인 조사라는 명목 하에서 사실은 상업 포경을 하는 일본인의 행위는 옳지 않다, 결국 돈벌이가 하고 싶은 것이다, 하는 이야기다. 2008년 환경보호단체 그린피스 재팬의 대원이 택배회사 배송센터에 침입해 고래 고기를 들고 사라졌다가 절도범으로 붙잡힌 사건이 있었다. 호주인 변호사가 이것은 부당한 처사라는 항의 메일을 보냈는데, 그들의 주장을 법정에서 공개해 정당성을 말할 기회도 주지 않고 단순 절도 사건으로 처리하는 것은 인권침해라는 것이다. 결국 절도죄로 유죄 판결을 받은 이 재판에 대해 니이쿠라 오사무(新倉修, 변호사)는 〈고래 고기는 누구의 것인가?〉(《세계 世界》 2010년 12월호)라는 글에서 "피고인은 '누구에게서' 고래 고기를 훔친 것인가"라고 지적한다. 이 재판이 문제의 핵심을 피해가려 하고 있다는 느낌을 받은 사람이 많을 텐데, 나 역시 마찬가지다. 문제는 고래를 잡는 방법이다. 고래잡이 자체, 먹는 것 자체가 옳은 행위냐 아니냐 하는 문제다.

그래서 이런 법정 내 논쟁에서 다시 접시로 돌아가 한 일본인으로서 솔직한 나의 감상을 말하려 한다. 먼저, 조사를 하건 뭐를 하건 포경의 내실에 대해서는 회피하지 말고 제대로 조사하고 설명하자. 동시에 일본인이 고래를 식재료로 생각하는, 즉 명분과는 상관없이 잡으면 당연히 먹는다고 생각하는 사정도 이해시키자. 환경보호를 중시하는 일본인이 매우 많다는 사실을 강조

해야 한다. 그러나 그 사람들 대다수가 어느 정도는 고래를 잡아도 된다, 그리고 잡으면 역시 먹는 것이 좋다고 생각한다. 어쨌든 고래는 먹을거리니까.

사이토 다카오(斉藤貴男, 저널리스트)의 〈고래와 여론〉(《세계》 2010년 12월호)을 보면, 고래를 잡는 것이 나쁜지 어떤지 더욱 모르겠다. 국제포경위원회(IWC)의 일본정부대표 나카마에 아키라(中前明)에 의하면 고래에는 여러 종류가 있어서 보호해야 할 종이 있는 반면 개체 수가 크게 늘어난 것도 있는데 무조건 잡지 말라고 하는 것은 납득이 안 된다고 주장한다. 그런 한편, 과거의 포경 형태는 남획이었다고 증언하는 곤도 이사오(近藤勲)의 『일본 연안 포경의 흥망』(2001년) 과 같은 책도 있다. 고래의 종류와 수가 지금 얼마나 되고 어느 정도가 적절한지, 어떤 포경법이 이루어지고 있으며 무엇이 문제가 되고 있는지 부디 냉정하고 객관적인 사실을 가르쳐주었으면 좋겠는데 이것이 쉽지 않은 것이 현실이다. 포경 논쟁은 고래를 떠나 대립하는 양 진영의 이미지 전략만 과열하고 있는 것처럼 보인다.

돌고래를 죽이는 일본 어부들을 몰래 촬영한 영상이 논쟁의 표적이 되었던 미국 영화 〈더 코브(The Cove)〉에서 붉은 피로 물든 바다를 보면 잔혹한 행위 같아 무섭지만 호주의 시골에서 새끼 양을 구워먹기 위해 머리를 자르고 껍질을 벗겨 양동이에 넣는 것을 보았을 때도 육식은 역시 살육이라는 생각이 들었다. 1970년대에는 국제포경위원회 일본 대표에게 갑자기 빨간색 염료를 뿌리며 "살인자!"라고 폭언을 퍼부은 활동가도 있었다는데, 어떤 포유류건 잡아먹을 때는 대개 죽여서 먹는다. 자신의 손을 더럽히지 않고 말끔히 손질된 마트의 식재료나 햄버거의 냉동육을 먹는다고 살생을 하지 않는 것은 아니다. 남의 손을 빌려 살생하는 주제에 폐를 끼쳐 미안하다는 자각조차 없는 것은 질이 나쁜 인간이다. 참고로 호주의 남쪽 태즈메이니아 섬에는 와인글라스 베이(Wineglass bay)라는 만(灣)이 있는데, 이곳은 19세기에 어부들이 고래를 죽여 영국으로 수출하는 곳이었다. 등불을 켜기 위한 고래 기름을 짜고 여성의 속옷인 코르셋 재료로 쓰이는 고래 뼈를 골라냈다. 그래서 고래의 붉은 피로 해안을 물들였기 때문에 그런 이름이 붙었다고 한다. 관광 목적으로 이곳을 찾았던 일본인 학생은 현지 가이드에게서 다른 일본인에게 절대 말하지 말라는 주의를 들었다고 한다.

키워서 잡아먹는 가축에게 고통을 주어서는 안 된다, 사랑으로 키워서 고통을 느끼지 않도록 자비심을 갖고 도살해야 한다는 의견은 현재 미국과 유럽 사회에서 주류를 이루고 있다. 알고 지내는 영국인이 고래 고기를 먹는 것은 잔혹하다, 그렇게 커다란 생물을 어떻게 고통 없이 죽일 수 있냐, 그런 이유로 자기는 포경에 반대한다고 말했다. 그런데 영국 시장에서 정육점 처마에 매달려 있던 죽은 토끼를 가리키며 "이건 말이지, 먼저 가죽을, 귀를 잡아서……" 하고 동행했던 일본인 아가씨에게 설명하려 하자 "제발 그만!" 하고 소리치며 귀를 막았단다. 일본인에게 토끼는 애완동물이지만 영국 정육점의 토끼는 스튜 재료다. 무엇이 동물에게 잔혹한지 판단하는 것은 당사자인 동물이 아니라 인간 사회의 문화다.

고래나 돌고래는 영리해서 특별하다고 믿는 사람도 있다. 그러나 개나 소도 영리하다. 양은 약간 우둔하게 느껴진다. 그러나 이것은 어디까지나 인간인 나의 관점이지 양에게 물으면 당신에게 그런 말 듣고 싶지 않다며 메에~ 메~ 하고 울지 않을까. 영리하지 않으면 존중할 가치도 없으니 먹어도 된다는 생각은 한마디로 저속하다. 그런 말을 들으면 나는 편히 잠이 오지 않는다. 그런 내가 봐도 그다지 영리함이 느껴지지 않는, 편집자라는 호주 여성으로부터 일본인은 다른 나라의 원주민이 신처럼 모시는 동물(아무래도 마오리 작가가 쓴 소설을 생각한 모양이다)을 잡아먹는 행위를 반성하지 않느냐는 메일을 받았다. 그래서 힌두교도가 신처럼 모시는 소를 매일 밤 스테이크와 햄버거로 만들어 먹고 비프카레 같은 무섭고 모독적인 창작 음식까지 만들어낸 영국인과 그 자손은 반성할 필요 없냐고 답장을 보냈더니 조금만 손보면 전위적 코미디의 대사로 쓸법한 흥미로운, 조리에 맞지 않는 답장이 돌아왔다. 메일의 마지막은 히로시마의 공허함을 노래한 시로 마무리되어 있었다. 무얼 먹어도 되고 안 되는지는 역시 인간의 조건과 관련된 윤리적인 문제다.

근본적으로 먹는다는 행위는 살생과 불가분의 관계가 아닐까. 식물이나 조개류는 통각이 없으니 먹어도 되지만 고통을 느끼는 생물은 먹어선 안 된다는 사람도 있다. 다양한 사고방식 가운데 하나인데, 통증은 없어도 살생이라는 사실은 피할 수 없다. 채소

외에는 절대 먹지 않는다는 사람도 있다. 그러나 파도 인간에게 먹히면 파로서의 생애를 마치고 부처가 된다는 점에서 오리와 다르지 않다. 파의 생사문제에 대해서는 생각이 갈린다 해도 어쨌든 많은 사람은 동물을 먹고 살고 있고 앞으로도 그럴 것이다. 그런 잔혹한 짓을 하며 살아가는 것이 생물이다. 인간은 특히 그렇다. 인간이라는 종이 존재하지 않는 것이 환경을 위해서나 다른 동물을 위해 가장 좋을 것이다. 그러나 그것은 불가능하다. 그렇다면 잡으면 먹고, 먹지 않으면 잡지 않는다. 많이 먹어서는 안 된다.

국제적인 문제를 일으키면서까지 고래를 먹을 필요는 없다고 생각하는 사람도 있다. 그것도 하나의 의견이 될 수는 있다. 그들의 주장은 대략 이런 식이다. 우리 증조할아버지가 스코틀랜드에서 데려온 양은 소중한 가축이지만 캥거루는 해로운 동물이니 총으로 쏴 죽여야 하고, 사냥감이 줄어 배가 고파서 캥거루 대신 양을 사냥한 원주민은 범죄자이니 체포해야 하고, 소 한 마리의 사료가 소말리아의 가족 몇 명이 며칠 동안 먹을 수 있는 콩, 옥수수, 잡곡의 양에 필적하건 소의 뼛가루를 소에게 먹여 광우

병에 걸리건 소는 선조 대대로 먹어온 훌륭한 식재료이니 앞으로도 맥도날드에 지지 않도록 헝그리 잭스(글로벌 패스트푸드 체인) 매장 수를 더욱 늘려야 한다 등등. 그러나 원주민을 포함해 지금껏 멸종시킨 생물의 수로 따지자면 능가할 부족이 없는 서양 부족의 자손들이 고래를 먹지 말라고 아무리 말해봤자 진지하게 들리지도 않을뿐더러 오히려 의지로라도 고래 고기 전골을 먹고 싶은 생각이 들지 않을까. 이것은 국제포경위원회와 구성원을 재점검해 호주 원주민과 마오리, 에스키모, 사미(Sami, 스칸디나비아 원주민), 아이누, 카리브, 피그미 족처럼 동식물의 남획과 종족 멸종을 초래한 방식을 반성하고 앞으로의 환경보호를 생각하는 데 가장 풍부하고 절실한 경험을 가진 종족의 대표를 상임이사로 뽑아서 그들에게 기본 방침을 세우게 해야 한다. 태평양을 지나는 미합중국 포경선의 보급지로 적절한 섬이라는 이유로 개항해, 하고 서양 함선의 위협을 당한 이래 줄곧 서양인의 얼굴색만 엿보며 쇠고기 전골과 선키스트 오렌지를 문명개화를 외치는 천황의 깃발 아래서 열심히 먹어온 왜인으로서는 이것이 솔직히 납득이 가는 결말이 아닐까.

된장장수의 문답

어느 날, 집 앞 대문 계단에 앉아 화분 손질을 하는데 마메시보리(작은 원 무늬를 홀치기 염색한 천) 수건을 목에 두른 아저씨가 골목길 오른쪽 저만치서 걸어와 내 앞에 멈춰 섰다.

여기서 아저씨란 아버지의 형제가 아닌 흔히 말하는 중년 남성을 가리키는 관례에 따른 표현이다. 사실은 안이하게 친족을 칭하는 말을 빈번히 사용하는 것은 삼가는 게 좋다. '중년의 남성', 혹은 그냥 '사람'이라고 해야 한다, 하는 것들은 전부 나중에 생각했다. 그 사람은 목장갑을 끼고 알로에의 마른 잎을 정리하는 내 앞에 서서 자신은 신슈(信州)된장을 방문 판매하고 있다며 설명을 시작했다.

"사모님, 된장 한 번 보실래요? 좋은 된장이에요."
"된장요? 좋아하긴 하는데, 난 사모님 아니에요."
"그럼 아가씨인가요?"
"아가씨도 아니에요."
"그럼 뭐죠?"
"나는 나예요."

된장장수는 입을 다물었다. 난처했다. 설마 이런 상황이 될 거라곤 생각하지 못했다.

다시 한 번 물어도 글쎄 나는 누구일까. 유명한 어떤 철학자가 뭐라 했건 진짜 의미에서 답이 없는 물음을 다시 던진다. 답을 알 수 없으니 생각하는 것도 의미가 없다는 변명도 역시 의미가 없다. 변명으로 얼버무려도 감각적으로 불현듯 떠오르는 것이 이 물음이다. 왠지 모르지만 개미를 보면 거의 틀림없이 이 물음에 사로잡힌다. 저 개미는 무엇을 생각하고 느끼며 살까 생각하다 보면 나도 모르게 개미가 된 것처럼 왜 나는 나이고 저 개미가 아닐까 하는 불가사의함에 머리가 빙빙 돈다.

그러나 그런 근본적이면서도 감각적인 의미와는 별도로 일상적이고 사회적인 의미에서도 된장장수의 물음은 핵심을 찌른다. 도시 한구석에 놔둔 채 잊어버린 백엽상(온도계 등의 기상 관측용 계기를 넣어서 야외에 세워 두는 상자) 같은 집에서 법적으로는 남인 아마키 군(가명 우주인)과 사는, 마대자루 같은 옷에 단발머리를 휘날리며 얼굴 여기저기에 흙을 묻힌 채 화분과 씨름하는 이 연령 미상의 자시키와라시(어린이 정령) 같은 유사인류가 사모님도 아가씨도 아니라니 된장장수로서는 그럼 당신은 뭐냐 물을 수밖에 없지 않을까. 아마 평범한 사람들이 사는 세상과 어울리지 못하는 인물이라고 상상할 것이다. 장외, 아웃, 퇴장.

그건 괜찮다. 어제 오늘 시작된 이야기도 아니고 지금 어떻게 할 수 있는 것도 아니다. 나는 항상 장외에 있고, 죽을 때까지 끝없이 근들근들한다. 문제는 이 장외의 감각을 항상 즐기는 것이 아니란 데 있다. 알기 쉬운 사람이 아니란 게 왠지 미안하고 실망스러울 때가 있다. 존재 자체에는 목적도 이유도 없을 것이다. 초등학교 5학년 때 나름대로 생각한 끝에 그렇게 깨달았고 이후

여러 번 이 발견으로 되돌아왔다. 돌아오지 않으면 안 됐던 것은 역시 장외가 아닌 장내의 사람이어야 한다는 생각이 들었고, 또 멋대로 분류되어 당혹스러웠던 일이 종종 있었기 때문이다. 후자에 대해서는 어쩔 수 없다, 사람이 하는 일이고 자신도 이것은 정확히 알기 어려운 기묘한 생물이라서 처치에 어려움을 느끼고 있다. 하지만 새삼스럽게 지금 자신을 그럴 듯한 존재로 만들어야 한다는 어리석은 생각은 하지 않는다.

이렇게 말하면 출세나 명성(이란 것의 내용이 분명하지 않지만)을 바란다고 생각하는 사람이 있을 텐데, 출신학교나 지위의 높고 낮음에 구애되는 사람은 놀랄 정도로 그것만 생각한다. 가끔 사회적 직위를 밝혀야 할 경우가 있는데 이 역시 난처하다. 그때마다 선생이라는 직업을 갖고 있을 뿐, 대개 어떤 책을 읽거나 쓰거나 말하는 것이 실제 하는 일이라서 시인이다, 수필가다, 연구가다 하고 그때마다 일일이 신경 써서 밝히기가 귀찮아 뭔가를 쓰는 사람이라는 의미로 글쟁이라 하면 문학자를 자부하는 작가나 평론가라는 의미로 인식해 더욱 귀찮아진다. 라이터(writer)라고 하면 이내 저널리스트를 떠올리고, 그냥 글쟁이로 해주면 안 될까. 내가 생각하는 장내는 뒤에서 말하는 슈바이처 증후군이다.

인생이 앞으로도 평탄하다면 절반쯤 온 셈인데, 걸음을 멈추고 돌아보니 대부분 낮잠을 자거나 무료함을 달래며 보낸 것 같다. 다시 태어나면 슈바이처 박사가 되어 고통 겪는 사람을 위해 헌신적으로 일하다 체체파리에 물려 죽을 용의가 있으니까 이번 생에서는 미안하지만 나는 도움이 되지 않는 존재라고 포기해주세요, 하고 변명을 하며 긴 의자에 벌렁 드러누워 무인도 표류기나 열대 밀림 탐험기나 각국의 소설 등 심신을 갈고 닦는 데 도움이 되지 않는 책들만 열심히 읽어댔다. 많은 사람이 염라대왕을 믿는 것처럼 이번 생의 성적에 따라서 내세의 사령장이 발행된다면 내세는 체체파리로 임명되지 않을까 하는 의구심마저 든다.

어릴 적에는 무익하고 쓸데없는 짓만 하는 나의 우둔함에 아무 쓸모없는 무능한 잠꾸러기, 멍청이라고 한탄하는 어른들의 한숨소리를 들으며 자랐다. 주위가 산만하다, 라는 뜻의 영어 absent minded는 부모가 나의 성격을 외국인에게 설명하는 것을 듣고, '마음이 비었다'니 영국인도 꽤 괜찮은 말을 하는군, 하고 감탄해서 외웠던 기억이 난다. 심부름을 시키면 제대로 한 적이 거의 없다. 과자를 사오라고 하면 눈보라에 정신이 팔려 나도 모르는 사이에 지폐는 바람에 날아가버리고, 설날에 먹는 찰떡을 빨간 썰매에 싣고 데이비드 카퍼필드가 된 양 고개를 숙인 채 옮기다가 떡판이 미끄러져 떨어진 것도 모르고 신나게 끌고 가다 뒤를 돌아보니 떡이 사라진 적도 있었다. 중요한 것은 깜빡한다. 할머니가 돌아가셨다는 전화도 깜빡하고 전달하지 않았고, 겨우 기억하는 이야기에는 공상과 소설과 꿈이 뒤섞여 하는 말마다 어쩜 그렇게 엉터리냐는 비난을 들었다.

그래도 부모님은 커서는 주위에 도움이 되는 인간이 될 거라고 희망했던 모양이다. 내 발바닥에도 그 희망이 상처투성이의 전사(轉寫) 프린트처럼 사라지지 않고 남아 있어서 감기라도 걸리면 이것이 다시 도진다. 나는 이것을 '슈바이처 증후군'이라고 부른다. 슈바이처 증후군이란 자기희생, 청빈, 구제, 봉사, 의미 있는 삶, 숭고한 목적 같은 위험한 망상에 사로잡히는 병이다. 미리 말해두는데 망상이 아니라 실제로 도움을 주는 봉사활동에

열심인 사람들은 슈바이처 증후군이 아니다. 봉사활동가 내지는 슈바이처다.

이 인자를 가진 사람이 발병하면 원조가 필요한 곤경에 처한 사람들(정확히는 그런 이미지)을 위해 월급, 옷, 집, 맛있는 식사 등 세속적으로 쾌적한 생활을 버리고 아프리카(비유)로 가서 체체파리(비유)에 물려 죽을 때까지 몸 바쳐 헌신한다. 그렇지 않으면 훌륭한 사람(구체성이 결여된 이미지)이 아니라 생각하고 심한 경우에는 주위 사람들에게 큰 걱정을 안기거나 지장을 준다. 다행히도 나는 천성이 게을러서 가만히 두면 슈바이처 증후군으로 죽을 염려는 없다. 단, 이 병은 공기로 전염될 수 있어서 둘째 가라면 서러울 정도의 게으름뱅이도 약해진 부위가 감염되면 위험할 수 있다.

슈바이처의 전기는 반복해서 읽었다. 감동해서가 아니라 신경이 쓰였다. 동시에 『버마의 하프』의 미즈시마 상병도 신경 쓰였다. 이쪽 역시 좋지도 싫지도 않고, 말 그대로 신경이 쓰였다. 히라카와 스케히로(平川祐弘, 비교문화학의 권위자, 도쿄대학 명예교수)의 책에 다케야마 미치오(竹山道雄, 『버마의 하프』 저자)와 슈바이처에 대해 나와 있는 것을 보고 미즈시마 상병도 분명 슈바이처 내지는 슈바이처 증후군이었다고 생각하니 납득이 갔다. 이 슈바이처 증후군은 기독교 신자가 걸리는 병이라는데 기독교도가 아니라도 걸릴 수 있다. 사실은 일본인이 걸리기 쉽다. 컬트 집단에서 중요한 지위를 맡고 있는 사람들은 악성 슈바이처 증후군이라 생각된다. 악성이 되면 골치 아프다.

그런데 걸릴 위험성 측면에서 보자면 청빈한 사상 인자를 갖고 있는 내가 왜 선천적인 먹보일까. 이것은 분명 먹보 유전자가 격세 유전했기 때문일 것이다. 나의 기억은 엉터리니 집안 이야기는 절대 쓰지 말라는 주의를 들었기 때문에 하코다테(函館) 산속에서 딴 머루로 담근 머루주를 매년 보내주는 작은아버지와 맛있는 음식을 좋아하는 친척에 대한 이야기는 아쉽지만 생략한다.

동생은 나를 보며 언니는 차를 끓인다면서 주전자를 올려놓은 난로 앞에서 책 읽는 것 외에는 거의 움직이지 않는, 동물도감 속의 나무늘보 같은데, 음식 앞에서는 민첩하게 움직이니 놀랍다고 감탄했다. 여동생은 나와는 정반대로 기억력이 좋고 실제로 주위 사람들에게 도움이 되는, 게으름뱅이의 동생치고는 너무 똘똘한 아이라서 신용할 수 있다. 게으름뱅이에다 슈바이처 포지티브인 나는 하루 종일 난로 앞에서 몸을 움츠린 채 세상을 비관하며 어디론가 탈출을 꿈꿨다. 최소한의 짐 가방을 들고 어느 날 혼자 어딘가로 떠난다. 무얼 갖고 갈까. 늘 그 가방을 생각했다. 밤이 되면 누나의 이야기를 듣고 싶어 하는 남동생에게 가공의 여행 이야기를 들려주었는데, 짐 목록 장면에서 동생은 따분함을 참지 못하고 잠들어버렸다. 지금도 짐 꾸리기, 특히 짐 목록 쓰기를 좋아한다. 짐만 꾸릴 수 있으면 굳이 여행을 떠나지 않아도 만족이다.

지난 번 니콜라스 셰익스피어(Nicholas Shakespeare)가 쓴 브루스 채트윈(Bruce Charles Chatwin, 영국 작가)의 전기를 읽고 지금도 컬트적 인기를 유지하는 이 작가가 아프가니스탄에서 최소한의 짐만 꾸려 이동생활을 하는 유목민족을 보고 충격을 받고 그들의 생활방식에 강렬하게 끌리게 됐다는 대목에서 으음, 하고 고개를 끄덕였다. 채트윈은 당시 유명한 경매회사 소더비즈에서 수집가들에게 고가의 그림과 공예품을 파는 일을 하고 있었다.

젊은 나이에 물건에 집착하는 부자들의 세계에 빠져 있던 채트윈은 최소한의 물건으로 사는 것이 얼마나 멋진 삶인지를 깨달았다. 나는 부자와는 전혀 인연이 없지만 채트윈과 비슷한 생각을 한 것 같다. 몸에 이끼가 자랄 정도로 게을러서 가방 하나 들고 장거리 버스에 올라 모르는 곳으로 떠나는 것이 꿈이었다. 많이 먹는 것 외에는 내세울 게 없는 식충이었기 때문에 자신의 인생을 송두리째 던져 봉사의 길을 선택한 사람들을 계속 의식했던 것이다. 망상이 타고난 성격을 이겨서 대뇌를 마구 뛰어다니는 꿈에 내몰려 몸을 움직이게 되는 것이 인간속(屬) 인간과(科)의 특성이다.

그러나 수렵과 채집을 하며 살아가는 부족은 소더비 경매에 참가하는 사람들이 보았을 때는 물건은 거의 갖고 있지 않지만 그래도 그 적은 물건에 관해 나름의 규칙과 해야 할 일이 있어서 옛날에는 꽤 힘이 들었을 것이다. 호주 원주민들 사이에서 비밀리에 보관해야 하는 대상으로 여겨지는 성스러운 오브제의 간수만 해도 상당히 골치 아픈 문제이고 힘이 들어서 차라리 정통적인 계승자에게 돌려주는 대신 미술관에 맡겨 일반 공개는 하지 않고 보관만 하면 그게 제일이라는 사람도 있다고 한다.

사실 채트윈과 나는 비행기가 충돌 직전인 니어 미스(near miss)라 할 만큼 아주 비슷한 시기에 호주의 중앙사막을 여행했다. 저쪽은 세계적인 작가, 이쪽은 평범한 여고생이니 비슷한 시기에 같은 곳을 여행하건 어쨌건 상관없지만 그 후 몇 년이 지나 다시 중앙사막을 찾았을 때 채트윈을 떠올리지 않을 수 없었다. 채트윈이 호주 원주민을 찾아가 이야기를 듣고 쓴 『송라인즈(The Songlines)』(1987년)라는 작품이 있는데, 그는 작품 속에서 앨리스 스프링스에 있는 화랑의 여성을 그다지 좋지 않은 인물로 등장시킨다. 나도 우연히 그 화랑의 여성을 만나 이야기를 들었다. 그 화랑에서 처음 만난 원주민 화가와의 대화, 앨리스 스프링스에서 다윈(Darwin)으로 가야 할 이유를 만든 원주민 큐레이터가 기획한 작품 전시, 이 여행은 그 후 오랫동안 호주 원주민의 그림을 생각하게 하는 최초의 계기가 되었다. 『송라인즈』를 읽은 것이 마침 여행의 전후였던 터라 끝까지 읽고 나서 따돌림 당한 기분이 들었다. 내가 만난 여성은 채트윈의 책 속 인물과는 전혀 다른, 얌전하고 인내심 강한 사람이었다. 무엇보다 채트윈의 책에서 들려온다고 믿었던 원주민의 목소리가 나에게는 들리지 않았다.

니콜라스 셰익스피어에 따르면 채트윈은 인간이 본래 사악해 공격적으로 동포를 잡아먹는 식인종이었나, 사자나 호랑이 같은 맹수를 두려워해 밤마다 경계의 불을 피워놓고 그 주위에 모여 있는, 즉 처음에는 먹이가 되는 희생자였나 하는 물음에 큰 관심을 보인 것 같다. 인간은 불을 사용하면서부터 겨우 고양이과(科) 육식 동물에 대항할 수 있었다, 원래 공격하기보다는 공격당하는 쪽이던 인간은 사악한 존재가 아니다 – 이 대목에서의 채트윈의 생각이 이해가 안 된다. 인간은 사냥꾼인가 사냥감인가 하는 것이 본래 인간은 사악했나 선량했나 하는 물음의 답이 된다고는 생각지 않기 때문이다. 앞에서도 말했지만 사람이 사람을 먹는 것이 나쁜가 어쩐가 하는 것도 간단하게 말할 수 있는 문제는 아니다. 채트윈은 지나치게 생각한 나머지 올바른 판단을 하지 못하게 된 것이 아닐까. 이렇게 말하면 채트윈과 그의 친구인 똑똑하고 영국 사회에서 지도적 위치에 있는 사람들이 일제히 흥(뭐야, 유사인류인가) 하고 콧방귀 뀔 테지만.

지나치게 머리를 굴리다 생각이 꼬여버린 경험은 적어도 나에게는 흔한 일이다. 초등학교 3학년 때 좋아했던 우에다라는 남자아이와 공원에서 같이 노는데 우에다가 넌 어떤 음식을 좋아해? 하고 물었다. 여기서 스파게티나 슈크림 같은 유치한 답을 하면 안 되겠다 싶어서 열심히 머리를 굴린 끝에 '목이버섯'이라고 말해버렸다가 창피해했던 기억이 난다. 우에다는 사교적인 아이였는지 나의 말에 어떤 반응을 보여야 할지 어쩔 줄 몰라했는데 그런 우에다가 무척 안타까웠다. 그렇게 너무 생각하다 종잡을 수 없어서 말도 안 되는 착지점에 이른 실패는 지금까지 셀 수 없을 정도로 많다. 그때마다 '아아 목이버섯, 또 목이버섯을 말해버렸네' 하고 생각한다.

여기서 다시 맨 앞 된장장수의 문답으로 돌아가면 그것 외에 달리 대답할 말이 없었다. 다행인지 불행인지 슈바이처도 되지 않고 이런 나로 목이버섯 머리를 얹은 채 꾸벅꾸벅 졸며 시간을 보내는 길을 택했다면 그 길을 맘껏 즐기는 수밖에 없다. 목이버섯을 된장국에 넣어도 맛있을 거야. 된장라면이 더 나을까?

제 4 장

국경의 냄새

국경의 냄새

국경을 넘으면 다른 냄새가 난다. 여행하는 사람은 이국의 냄새가 때로는 강렬한 인상으로 기억되곤 한다. 집을 떠난 지 오래된 사람이 정겹고 그리운 냄새에 몸이 휘청할 때도 있다.

요즘은 다양한 나라에서 온 연구자와 학생들이 지내는 아파트에서 살고 있다. 다들 공부나 연구를 해서 교류가 잦지는 않다. 하지만 복도를 걸으면 여러 냄새가 난다. 특히 저녁식사 때는 그들의 생활을 냄새로 알 수 있다. 국제 아파트의 저녁 시간 복도는 국경선 없는 국경, 몇 초만 걸으면 간단히 넘을 수 있는 다양한 문화의 경계지가 된다.

냄새에 대한 감각은 나라마다 다르다. 냄새 입자는 공기 중의 미량 물질이기 때문에 당연히 그 토지 고유의 풍물과 생산품이 직접적으로 감각의 문화를 키울 것이다.

작년 초여름, 런던에서 케임브리지로 가는 전차를 탔는데 전원 풍경이 펼쳐진 창을 통해 소똥 냄새가 강렬하게 풍겨왔다. 그런데 냄새가 전혀 약해질 기미가 없다. 어릴 적 집 근처에 목장이 있어서 일본인치고는 소똥에도 면역력이 있는 편인데도 정겹기보다는 구리다는 생각밖에 들지 않았다. 냄새가 나는데도 영국인들은 창문도 닫지 않고 미간 하나 찌푸리지 않은 채 태연했다. 자연의 냄새라면 구려도 괜찮은지, 아니면 얌전한 척하는 건지 아무래도 전자 같기는 한데, 글쎄.

프랑스와 영국의 향수에는 확실히 다른 특징이 있다고 한다. 영국인은 자연 그대로의 소박한 정취를 좋아하는 나머지 소재의 단점에도 손대지 않고 있는 그대로를 이용하고 싶어한다, 특이한 게 없다, 세련미가 부족하다고 프랑스인은 말한다. 반면 프랑스인은 이미지에만 맞춰 만든 결과 인공적인 것이 되어버린다, 자연의 멋을 손상한다, 지나치다, 하고 영국인은 말한다. 이

둘의 차이는 정원을 가꾸는 스타일이나 좋아하는 음식에서도 알 수 있다. 프랑스인은 영국인을 '로스비프'(소고기 구워먹는 것밖에 모른다, 융통성 없다는 의미)라며 콧방귀 뀌었고, 영국인은 그런 프랑스인을 '개구리'(식용으로 개구리를 먹는 프랑스인을 경멸하는 의미)라고 경멸한다. 그러나 나는 식사에 대해서는 영국과 프랑스 사이에서 전면적으로 프랑스의 승리를 인정하고, 프로테스탄트와 가톨릭 사이에서는 가톨릭의 완승을 선언한다. 교황께는 미안한 이야기지만 내가 바티칸에 애착을 느끼는 것은 솔직히 식탐 때문이다.

삿포로에 있는 수녀원에서 크리스마스 때 받은 과자는 정말 맛있었다. 딱딱하게 구운 얇은 과자와 스페인에서 온 수녀님이 만든 폴보론(Polvoron)이라는 과자였는데, 폴보론은 일본의 몇몇 과자 회사에서 같은 이름의 과자가 나오기는 하지만 아무래도 그 수녀원에서 먹어본 과자 맛은 나지 않는다. 절대 평범한 과자가 아니다. 가볍게 구웠지만 구운 과자의 딱딱함이 전혀 없는, 와산봉(和三盆, 일본에서 생산되는 고급 설탕)을 틀에 넣어 굳힌 듯한 쉽게 부서지는 과자로, 얇고 작은 모난 디스크에 담겨서 하얗고 차

가운 가루 설탕 옷을 입은 채 얇은 포장지에 들어 있다. 부서지지 않게 조심조심 먹어야 한다. 어릴 적 일이라 정확히 기억나지 않지만 아몬드, 그리고 시나몬, 어쨌든 좋은 향이 나면서 휫 하고 사라지는 꿈같은 과자였다. 그 과자를 만든 수녀님이 돌아가신 후 그 과자는 정말 사라져버렸다. 만들 수 없단다. 문외불출(門外不出), 혼자만 알고 있던 요리법이었다는 건가. 폴보론이라는 과자 자체는 스페인 안달라루시아 지방의 축하 행사 때 쓰이는 과자로 일반적이라고 하니까 스페인에 가면 흔하겠지만 그렇게 섬세히 만든 과자를 쉽게 찾을 수 있을지 모르겠다. 할머니가 되면 그 과자를 찾아 지팡이를 짚고 스페인의 수녀원에 가고 싶다는 생각도 가끔 한다.

성당의 미사용 성체, 즉 '그리스도의 몸'인 제병(祭餠)은 하얀색의 얇고 둥근 특별한 과자처럼 보이는데, 그 제병을 먹기 위해선 교리 공부를 하고 영세를 받아야 한다. 나는 먹어본 적 없는 제병이 먹고 싶어서 영세를 받을 때까지 엄숙하게 교리 공부를 했다. 먹어보니 단 맛도 아무 맛도 없고, 웨이퍼스 조각 같아 크게 실망한 후로는 성당에 나가지 않았다. 메아 쿨파, 메아 쿨파

(내 탓이오, 내 탓이오).

그런데 18, 19세기 무렵부터 유럽의 공식 행사에서 만찬이라 하면 프랑스 요리가 공식처럼 등장하는 가운데 영국인만 여기에 저항을 나타냈다고 한다. 프랑스인이 만지작거리며 장난친 것은 먹고 싶지 않다, 단순한 로스트비프에 육즙으로 만든 소스, 삶거나 굽거나 튀긴 감자와 채소, 그리고 요크셔푸딩(밀가루, 우유, 달걀, 기름 등을 섞어 만드는, 영국인들이 좋아하는 간단한 밀가루 음식)을 곁들이면 그것으로 충분하다며 막무가내다. 그런 사람들은 영국 및 이전 영국령 식민지에서 지금도 많이 발견된다. 그런 사람은 일본 요리는 어때요, 하고 물으면 좋기는 한데 먹고 난 후에는 제대로 된 식사를 달라고 한다. 익숙하지 않은 음식을 차려주면 마누라 이거 몸에 좋은 거야, 하고 묻는다. 그래서 좋은 거라고 하면 됐어, 치워 하고 고개를 돌린다.

호주 국립박물관에서 호주, 파푸아뉴기니, 멜라네시아, 미크로네시아의 전통 공예품을 순서대로 보았을 때 세계는 지리적인 연결로 단계적으로 농담을 그리듯이 문화가 전해진다는 것을 깨달았는데, 자신의 다리나 카누로 이동했던 이런 사람들과 달리 갑자기 대형선으로 모르는 곳에 접안해 국기를 꽂아라, 하고 외친 난폭한 사람들의 시대에는 문화전달은 지배국별로 이루어지는 정책이 되었다. 영국 식민지는 영국을 따라하게 되었고, 프랑스 식민지는 프랑스를 따라하게 되었다. 그 흔적은 지금도 남아 있다. 영향은 여러 곳에 미쳐서 예를 들어 항공 노선도 식민지주의적이다. 예전 영국의 식민지인 트리니다드토바고에서는 영국으로 가는 직행이 있는데, 같은 카리브 해라도 트리니다드토바고에서 프랑스령인 마르티니크 섬으로 가려면 여간 번거로운 것이 아니다. 마르티니크에서 파리로 가는 직행은 있는데도 말이다. 현대의 고속 이동·전자 전달 시대에서는 문화는 단편화되고 디지털 정보로 상품화되어서 원래의 역사 문화적 문맥과는 분리되어 종종 의미를 알 수 없는 스타일과 기분만이 복사되고 붙여져(Copy and Paste) 전파된다. 쓰레기 하나 없는 건물에서 고등학생이 세계 공통인 갱(gang) 패션으로 몸을 감싸고 아프로 카리비언(Afro-Caribbean)의 리듬으로 우리의 분노를 호소하는 일본인 래퍼의 노래를 들으면서 중국제 이탈리아 브랜드 가방에 새로 산 캘리포니아 롤을 집어넣는 것이 우리의 일상이다.

밥 문화도 이런 문화 전파의 형태와 무관할 수 없다. 남반구의 크리스마스 시기는 계절적으로 여름이다. 그래서 자주, 당연히 덥다. 그러나 호주 멜버른의 마이어스 백화점 쇼윈도에는 눈이 내린 겨울 풍경이 펼쳐지고 산타와 호두까기 인형과 순록이 끄는 썰매가 빙글빙글 돌고 있다. 시원한 느낌이 들어 좋기는 하지만 왜 매년 줄을 서서 이것을 봐야 하는지 의문이 든다.

곧 크리스마스가 다가오고 식탁에는 맛있는 음식들이 차려질 것이다. 영국에서 전해진 전통 메뉴다. 양파, 마늘 등의 재료로 뱃속을 채운 칠면조 구이는 괜찮다. 구이는 맛이 담백해서 괜찮아요, 부인. 여기에 곁들여지는 평범한(너무 재주를 부리면 영국이 아니다) 감자와 콩, 샐러드도 먹을 만하다. 하지만 크리스마스 푸딩, 이것만은 제발 참아주기를.

몇 달 전부터 술과 향신료에 재운 말린 과일과 견과류에 버터, 소기름, 달걀, 설탕, 밀가루, 빵가루를 섞어 반죽해 둥글게 모양을 내어 천에 싸서 쪄낸 다음 다시 몇 주 동안 매달아 숙성시킨, 묵직한 케이크. 여기에 크리스마스 당일에 뜨거운 브랜디 소스를 듬뿍 뿌려서 먹는 크리스마스 푸딩은 도저히 넘어가지 않는다. 이미 배는 부르고 와인도 마셨고 집밖의 온도는 섭씨 30도가 훌쩍 넘는다. 왜 이런 기후에 이렇게 뜨겁고 무거운 케이크를 먹을까. 푸딩이여, 나는 괜찮으니 장난으로 그 안에 감춰둔 행운의 동전과 함께 부디 내 앞을 지나쳐다오, 쐐기를 박듯이 카스터드 크림이며 브랜디 버터를 얹지 말기를. 이것은 더울 때 먹을 수 있는 음식이 아냐. 나는 양하(蘘荷)를 다져넣은 국수가 먹고 싶다. 크리스마스 푸딩 접시를 앞에 놓았을 때야말로 식민지 시대가 끝났어도 사라지지 않는 호주의 식민지주의 문화에 철저히 항의하고 싶어진다.

한마디 해두고 싶은데, 이런 각국의 국민성에 관한 논쟁은 대체로 많은 것들을 건너 뛴 난폭한 일반론이다. 특히 세계 각국에서 다민족이 모이는 현대의 대도시에서는 맛있는 중화요리점과 인도 요리점이 한 곳도 없는 상황이 오히려 이상하다. 그렇기 때문에 어디 음식이 맛있다, 맛없다 하는 보수적인 논쟁은 도시에서는 성립하지 않는다. 그런데도 굳이 옛날부터 조상들이 먹어온 기후와 풍토에 맞지 않는 것, 그다지 맛있지도 않은 것이 먹고 싶다는 사람들이 있다. 사실 흥미로운 것은 이쪽이다.

냄새에 관한 이야기였다. 후각은 뇌에서도 발달의 역사가 오래되어 물고기에서도 볼 수 있다는 대뇌변연계에 직결되어 있는 감각이다. 이곳은 본능과 감정, 기억, 이미지 환기력과 관계가 있다. 그 때문일까. 냄새의 기억은 선명해지는 순간 사람을 그 기억의 현장으로 데리고 가듯 온몸의 감각을 불러일으킨다.

원시림의 분위기가 남아 있는 삿포로 교외의 초등학교에 다니기 시작했을 당시에는 교실에 아직 검고 커다란 배불뚝이 석탄난로가 자리 잡고 있어서 당번이 석탄을 받아왔다. 석탄난로 가까운 자리는 덥고, 멀리 떨어진 자리는 추웠다. 얼떨결에 화상을 입을 수 있어서 안전하지도 편리하지도 않았지만 나는 석탄난로가 좋았다. 교사를 새로 지으면서 난방도 히터로 바뀌자 불 냄새가 사라졌다. 페인트 같은 도료 냄새가 나는 건조한 교실은 먼지가 폴폴 날려 불쾌했다. 지금도 석탄이나 장작 난로는 보는 것만으로도 신선한 불 냄새, 하얀 눈의 냉기, 들판의 풀 향기가 솟아나는 것 같아 행복해진다.

(향긋한) 냄새, 향내가 나다, 라는 일본어 '니오이(におい)'와 '니오우(におう)'는 후각에만 관련된 말이 아니었다. 아름다운 색채

가 환하게 빛날 때, 위엄이나 후광을 발할 때, 붉게 물들 때, 색의 농담이 겹쳐지거나 단계적으로 변화하는 정도를 나타내는 시각적인 감각도 '니오이'라고 표현했다. 향도(香道, 일정한 작법에 의해 향을 피우고 호흡으로 향기를 흡입해 향을 즐기며 마음을 안정시키는 일종의 도락)에서는 '니오우(におう)'라는 말 대신 '기쿠(きく)'라는 표현을 쓴다. 기키자케(利き酒, 시음)처럼 일본어에서는 '利'가 붙으면 대개는 시험해본다는 의미지만 보통은 '기쿠' 하면 '듣다'라는 뜻의 기쿠(聞く)를 떠올린다. 그렇게 보면 냄새를 맡는다는 행위는 종합감각적인 행위다. 허공에 둥둥 떠다니는 눈에 보이지 않는 것, 느낌, 분위기, 기분, 손에 잡아 실체를 확인하기는 어렵지만 모든 감각이 그것을 인식하기 위해 예민하게 작용하는 섬세하고 고상한 행위. 그것을 일본인은 '니오이'라고 부른다.

냄새를 맡는 것은 그 자체의 실체를 파악하는 것이 아니라 그림자를 감지하는 것이다. 하이카이(俳諧, 익살스런 내용의 시가. 보통 두 사람이 윗구와 아랫구를 번갈아 읊어 나간다)에 대해 쓴 글에서 그런 이야기를 읽었다.

방랑시인 바쇼(芭蕉)의 하이카이를 듣거나 읽은 적이 있는 사

람이라면 한 번쯤은 뒷구의 방법론에서 '니오이쓰케'(匂い付け. 앞구와 뒷구 사이에 기분, 정취의 조화를 꾀하는 방법)라는 미묘한 쓰케쿠(付句, 앞의 구를 받아서 짓는 뒷구) 설명에 머리가 아팠던 경험이 있을 것이다. 윗구의 정취를 받아 다음 구를 지어야 한다면서 앞구의 정취와는 거리를 두어야 한다니 대체 어떻게 해야 합니까, 선생님, 하고 저절로 머리를 감싸 쥐게 만드는 어려운 문제다.

앞구와 뒷구에서 통일된 감각이 생겨나지 않으면 안 되는, 그것이 쓰케쿠다. 일본 문학은 뛰어난 궁녀에 의해 씌인 궁녀시대 이래 의미와 진실, 구제, 정의가 아니라 미의식에 목숨을 걸어왔다고 생각한다. 이웃하는 두 개의 구가 만들어내는 작은 세계는 둘이 만남으로써 새롭고 뛰어난 미학적·정서적 흥미를 자극하지 않으면 안 된다. 앞구를 지나치게 의식해 '그다음을 써보았습니다', '의미가 잘 통하네!' 또는 '이 말을 살짝 꼬아서 패러디해 봤습니다', '위트 있군!' 하는 식이어선 하나의 구로 성립하지 않는다. 따라서 뒷구는 앞구와는 다른 내용, 정취를 갖지 않으면 안 된다. 그렇다고 해서 전혀 관계없는 것을 붙여서, 허허 박쥐우산과 자노메 재봉틀(일본 자노메 미싱사의 상품)입니까? 하는 식이 되므로(요즘이라면 이것도 하나의 방법이 될 수 있지만) 쓰케쿠는 앞구를 '받아서' 짓지 않으면 안 된다. 과하게 받아 지으면 화(禍)가 된다는 교라이(무카이 교라이[向井去来], 하이카이 시인) 선생의 말을 의식해 전문가의 흉내를 낸 결과 될 대로 되라는 식의 지리멸렬이라면 웃음거리로 끝난다.

이처럼 성가시면서도 세련된 세계에 사는 분들을 찾아가면, 원래 앞의 구를 이어받아 뒷구를 짓는다는 것은, 하고 긴 풀이가 될 것이 빤한데, 하이카이 음치인 나에게 흥미로운 것은 일본인이 모든 감각을 총동원해 '좋은 냄새'를 열심히 쫓아왔다는 그 간단한 한 가지에 있다. 그것은 감각적이며 도덕적인 유희다. 이론과 수식으로 환원하기 어려운 감성게임이다. 사물 자체가 아니라 그것의 그림자, 인상, 암시를 받아 연상하는 그 과정을 가능한 한 정확히 인식하는 것.

그런 놀이를 가능하게 하는 것은 복잡하게 발달한 감각문화의 충실한 공유다. 일본인이 애호한 냄새라는 종합감각은 일본 문화의 내면에서 발달한 생리적 감각을 전제로 한 것으로, 경우에 따라서는 배타적으로 작용할 수 있다. 때로는 국경처럼.

해외에 나가 비자 같은 귀찮은 수속에 시달릴 때마다 국경선은 불합리하다는 생각을 한다. 네덜란드 작가 진 랑글레(Jean Lenglet)는 20세기 전반에 국경이 얼마나 불합리한 것인지 자신의 자전적 소설에서 자세히 이야기했다. 저널리스트, 통역, 그 외 다양한 직업을 경험했던 랑글레는 카리브 해 출신의 작가 진 리스의 첫 번째 남편으로만 겨우 기억되는 정도일 뿐 거의 잊힌 작가다. 그러나 이 소설은 상당히 재미있다.

사소한 법적 이유로 국적을 상실한 가난한 남자가 축구공처럼 이리저리 차이는, 농담 같은 국경선 위의 게임이다. 국적불명, 여권 없음, 감옥에서 갓 출소해 국외 퇴거 명령을 받은 그런 주인공 같은 인간은 '국가'로 나뉜 오늘날의 세계에서는 어디를 가든 여기에 있으면 안 된다, 다른 데로 가라는 말을 듣는 천덕꾸러기가 되어버린다. 그것은 악몽이다.

자연지리적인 경계나 주민들 간의 결정으로 정해진 국가 간의 경계조차 랑글레처럼 소속을 빼앗긴 자에게는 위험하고 배타적인 곳이 된다. 식민지 쟁탈전에서 열강이 멋대로 규정해 그어버린 국경은 더욱 악질적이다. 폭력을 휘둘러 가족과 민족을 갈라

버려 이후에 깊은 화근을 남기게 된다. 지금 지상에서 일어나는 민족 분쟁과 종교 전쟁의 대부분이 사실은 나름의 규형을 유지했던 사람들 사이에서 식민지 지배가 비정상적인 불균형과 이해관계를 만들어버렸기 때문에 일어난 결과다.

국제 아파트에서는 오늘도 한국인 여학생이 밥을 짓는다. 이란인 가족은 양고기 찜, 스리랑카인 선생님의 방에서는 선명한 향신료 냄새가 풍긴다. 짧고 뽀글거리는 파마를 한 사우디아라비아 청년은 생선튀김을 전자레인지에 데우는 모양이다. 냄비를 들고 친구 방으로 가는 케냐인 여성이 내 옆을 지나간다.

"두부 요리예요? 맛있는 냄새가 나요. 호호호."

그녀는 미소를 짓는다.

정치적 의도로 그어진 국경선이라는 불합리를 간단히 무시한 채 맛있는 냄새는 이문화의 한가운데로 우리를 데리고 간다. 냄새는 다른 감각보다 국제화되기 어려운 지역적 감각인 한편, 길들여질 수 있고, 길들일 수도 있는 지조 없는 감각이기도 하다. 이렇게 해서 다른 음식의 한가운데 서보면 그것을 피부로 깨달을 수 있다. 이처럼 서로 다른 냄새를 맡고 맛있을 거 같아요, 하고 왕성한 식욕을 발휘하면 다른 나라의 저녁식사 테이블 위로 폭탄을 떨어뜨리는 짓은 할 수 없을 것이다. 인간이기 전에 살인 장치이기를 선택하는 사람들은 안타깝고 가엾게도 살아 숨 쉬는 것들의 흔적, 생활의 흔적을 맡는 주요한 냄새의 감각을 잃어버린 것이 틀림없다. 세상을 떠들썩하게 하는, 불길이 타오르는 분쟁 지역의 영상을 여러 번 보도하면서 소란을 피우는, 보도라기보다는 분쟁 드라마가 방영되는 TV를 보며 오늘도 나는 낫토에 비빈 밥을 먹고 있다. 같이 먹을래요? 익숙해지면 아주 맛있답니다.

후리카케가 세상을 바꾼다?

후리카케(김, 깨, 등을 섞어 만든, 밥에 뿌려 먹는 식품)란 무얼까? 일본인에게는 명백하고 극히 산문적인 이 식재료를 서양의 식문화 속에서 자란 사라에게 설명하기는 결코 쉽지 않다.

베르니 쟌셈(Verni Jansem)은 호주의 시인이다. 세상에는 만나면 기분이 밝아지는 사람이 있다는 것을 그녀를 만날 때마다 생각한다. 그런 사람이다. 대충 손질한 풍성한 금발에 빨간 립스틱을 바른 통통한 얼굴의 그녀와 아무 생각 없이 기른 머리를 정수리로 그러모아 경단처럼 묶은, 무민(핀란드 숲속에 있다는 무민 골짜기에 사는 요정의 이야기를 그린 동화) 마을의 주민처럼 된 나는 멜버른의 베트남인 거리 스프링벨에서 장을 봤다. 이 시장에는 아시아 식재료가 정말 풍부하다. 좀 더 정확히 말하면, 여기가 어디지? 베트남인가? 아니 중국? 하고 나도 모르게 주위를 둘러볼 만큼 아시아인과 아시아 식재료들뿐이다.

외국에서 일본 음식을 먹으려고 할 때 제일 먼저 떠오르는 것이 가락국수, 메밀국수, 찌개, 튀김, 생선회, 생선구이, 장어, 일본식 카레라이스인데, 사실은 김치와 마파두부도 일본에서 일반적인 식사의 중요한 구성 요소가 되었다. 당연히 중국식 국물다시, 두반장(누에콩으로 만든 된장에 고추나 향신료를 넣은 것으로 독특한 매운 맛이 향기가 나는 조미료－옮긴이), 어장(魚腸)을 어디서 살 수 있는지 찾게 된다. 그래서 사실은 일본인에게 필요한 것은 일본 식재료 가게보다는 동아시아 식재료 가게다.

스프링벨 시장에서 표장용기에 엉터리 일본어가 쓰여 있는 달걀 두부를 발견하고 집어 들었는데 자세히 읽어보니 멜버른의 중국인 거리에서 만든 것이다. 엉터리라도 포장용기에 일본어를 쓰는 것은 달걀 두부가 일본 음식이라는 이유도 있지만 그보다는 동아시아 식재료라는 장르에서 가장 높은 신뢰성을 유지해온 것이 일본 제품이기 때문일 것이다. 앞으로도 그렇게 될지 어떨지는 일본 정부가 어떻게 대응하는지에 달렸다. 해외에 있는 사람에게 정부의 결단은 곧 일본인 전체의 결의처럼 비쳐진다. 일본에 있으면 이런 사실을 잊어버리기 쉽지만.

일본제는 비싸다, 하지만 맛있다고 모두 생각한다. 그래서 일본 제품을 따라한 제품도 많고 엉터리 일본어가 포장용기에 당당히 등장한다. 일본인도 잘못된 외래어를 티셔츠나 가방에 인쇄하고 득의양양하게 거리를 활보하니까 남의 말할 처지는 아니다. 어쨌든 일본어가 쓰여 있으면 폼이 나는 것이다. 최근 주목받고 있는 것은 '홋카이도식 맛'이라는 장르로 중국제, 한국제, 베트남제 등 건어물이며 케이크, 센베이(밀가루를 반죽해 얇게 구운 과자), 라면에까지 이 선전문구가 등장한다. 홋카이도를 무대로 한 영화가 중국과 대만에서 인기라고 들었는데, 그 때문일까. 홋카이도식 음식이 맛있다는 것은 나에게는 새로운 발견이었다. 불가리아나 스위스 음식도 일본에서는 맛있는 음식이니까 특별히 놀랄 일도 아니다.

계산대에는 백인 아줌마가 김치와 가루로 된 SB카레와 냉동

만두를 장바구니에 몇 개씩 담고 차례를 기다리고 있다. 다양하게 진열된 다시국물 수프 코너에서 베르니는 "화학조미료가 안 들어간 걸로 골라야 해" 하고 말하며 영어로 된 성분표시를 열심히 들여다본다.

"일본음식은 건강에 좋고 맛이 있어 좋아요. 우리 집에서도 된장수프는 잘 만들어먹고, 다른 것들도 어떻게 만드는지 대충 알아요. 그런데 모르는 게 있어."

그녀는 진열대를 가리켰다.

"저거, 후리카케가 뭐죠? 라이스 시즈닝(rice seasoning), 쌀 조미료라고 쓰여 있는데 어떤 요리에 쓰는 조미료죠? 이렇게 종류가 많은데, 재패니스 레스토랑에서 본 기억이 없어요."

흐음. 후리카케에 대한 설명은 이후에 하기로 하고 좀 더 시장을 둘러보자.

최근 10~20년 동안 세계 각지에서 놀랄 만큼 일본의 생활문화가 확대, 침투되었다. 선(禪), 지압, 마사지, 유도, 만화, 컴퓨터, 게임 소프트뿐 아니라 이불, 요까지 취급하는 가게도 있다. 대개는 체육관의 체조 매트처럼 무거워서 매일 접고 널 수 없는 물건이라서 요·베드 코너를 만들어 같이 팔고 있다. 런던의 이불 회사에서는 이 코너에 다다미 매트리스까지 더해서 건강에 좋다고 선전했다. 하지만 가장 놀라운 것은 일본 음식과 식재료다. 표고버섯, 국물다시, 가락국수, 무, 와사비 정도는 미국 남부 소도시의 슈퍼에서도 어렵지 않게 살 수 있다. 그리고 초밥. 가는 곳마다 초밥을 팔고 있다.

영국의 일본어 주간정보지 《저니(Journey)》의 2011년 9월 22일호에는 어떻게 영국에 초밥이 정착하게 되었는지에 대해 '국민적 스낵'이라는 제목으로 기사가 실렸다. 대형 슈퍼인 테스코는 작년에만도 주먹밥과 훈제연어 초밥 등 초밥 3,000만 팩을 팔았고, 영국 내 초밥 판매 총액은 전년 대비21퍼센트나 상승했다. 초밥은 보기에도 화려하고 무엇보다 건강에 좋다는 인식이 인기의 비결이라고 한다. 아마도 서양인에게 일본식이란 맛있는 음식을 찾아 헤맨 뒤 맨 마지막에 도달한 가장 북쪽 혹은 가장 동쪽의 음식, 가장 멀리 떨어진 음식으로 인식되기 때문이 아닌가 싶다. 그러나 최근에는 그들에게도 일본식은 완전히 친숙한 음식이 되었다. 영국이나 호주의 길거리에서 회전초밥 체인점이

나 포장된 초밥 팩이 눈에 띄지 않는 날이 거의 없을 정도다. 예전에는 하얀 밥에 까만 종이 같은 김을 두른 것이 아무리 봐도 음식 같지 않다고 생각했는지 대부분 김을 안에 넣었는데(이것을 '우라마키'라고 한다) 최근에는 김이 밖으로 나온 것도 많아졌다. 김밥 속도 스파이스 치킨, 아보카도 마요네즈 등의 어레인지 계열과 다랑어나 오이 같은 오리지널이 진열되어 있다. 이것은 일본도 마찬가지다.

20년 전쯤 시드니의 자연식품점에서 팔던 주먹밥은 잡곡이 든 현미로 꼬들꼬들하게 밥을 지어 거기에 채소를 섞어서 대충 모양을 만든 오리지널 라이스 볼이었다. 주먹밥이라는 이국문화를 접해 감명을 받은 호주인들이 자신의 나라로 돌아가 이를 재현하기 위해 서툴지만 노력한 결과로 만들어진 것이었다.

유도나 가라테뿐 아니라 둔갑술도 가르쳐주는 아프리카계 미국인의 유술(柔術, 일본 고대의 격투기) 마스터에서 영기(靈氣) 트리트먼트로 젊음을 되찾는 피부 관리에 이르기까지 일본인의 눈에는 도리어 이상야릇하게 보이는 일본 문화의 변종들이다. 아무튼 그런 특이한 적용과 해석으로 의욕적으로 장사를 하는 외국의 가게들은 지금도 일일이 셀 수조차 없이 많다. 호주인 지압 마사지사에게 좀 더 꽉꽉 눌러주세요 하고 부탁했더니 이 정도가 좋다, 당신은 지압을 이해하지 못한다며 오히려 나무랐다. 초밥으로 대표되는 일본 음식도 이러한 응용과 해석에서 완전히 벗어난 것은 아니다. 벗어날 필요도 없고 지금 초밥은 세계적인 음식이니까.

단, 《저니》의 기자의 말처럼 초밥을 간장에 완전히 담갔다 꺼내 먹는 사람을 보면, 이봐요, 하고 한마디 해주고 싶어질 때도 있다. 한번은 런던의 지하철에서 화려한 옷차림의 남녀가 번화가 역에서 지하철에 올라 자리에 앉자마자 플라스틱 용기를 열고 간장을 콸콸 붓더니 용기 안에서 헤엄치는 초밥을 손으로 집어먹기 시작했다. 또 종이컵 용기의 풋콩에도 간장을 콸콸 부어 그것도 손으로 집어 먹었다. 예의도 예의지만 그렇게 먹으면 생선이나 콩의 참맛을 알 수 없다. 영국인과 그 식민지 나라의 자손들은 염분과 당분 이외의 맛은 잘 모르는 것이 아닐까 하는 생각이 들 정도로 '미각 음치'처럼 보였다. 또 초밥만 먹으면 건강해진다고 믿는 사람도 적지 않다. 호주 원주민 큐레이터 존 맨딘

이 다이어트 중이라 점보 초밥 팩을 두 개나 사들고 와서 한 번에 먹어치웠을 때는 참지 못하고 잘못된 생각이란 것을 지적해 주었다.

일본식(日本食)이라는 어색한 일본어를 처음으로 들은 것은 모스크바에서였다. 일본에서는 '와쇼쿠(和食)'라고 한다. '핀치 히터(pinch hitter, 대타자)'라는 말은 일본에서 만든 영어인데, 일본식(日本食)은 재외 일본인이 만든 일본어라고 해야 할까. 아무튼 기묘하다고 생각했다. 그러나 와쇼쿠의 와(和)는 원래 중국인이 '왜(倭)'라고 했던 욕이었을지도 모른다. 그런데 여기에 와(和)라는 글자를 대입하면 좋은 의미로 바뀌어서 일본인이 내부에서 자신들을 칭찬하는 뉘앙스로 사용되고 있다. 즉 일본 국내용 말로, 국외에서는 일본식이라고 하는 것이 어울릴 수도 있다.

소련시대의 모스크바에서 일본식 식재료를 찾기란 쉽지 않았다. 수산시장에 오징어가 들어오면 일본인회 연락망으로 그 소식이 신속하게 전달된다. 그 시대에 모스크바에 살았던 일본인은 대사관, 항공사, 신문사, 일부 상사 주재원 정도로 한정된 사람들이라서 작은 동네 모임 같았다. 다들 크건 작건 특별한 연줄을 갖고 있어서 된장부터 본토의 쌀이며 다다미까지 일본에서 직접 받아 생활하는 사람도 있었다. 당시 어렸던 나는 해외에서 일본 물건에 연연해하는 것은 바보스런 짓이라 생각했다. 애써 다른 나라까지 와서 생활하는 것이니 그곳에만 있는 것을 즐기면 되지 않을까. 그러나 최근 30년 사이에 급속히 확산된 국제화로 물류가 발달한 선진국 도시라면 세계 여러 나라의 물건이며 음식을 경험할 수 있는 것이 보통이다. 오히려 그곳이 아니면 없는 것을 찾기 어려울 정도다. 많은 먹을거리가 국적을 잃고 있다. 일본식은 이미 일본만의 음식이 아니다.

그곳이 아니면 맛볼 수 없는 음식이라고는 해도 영국 음식은 솔직히 맛이 없다. 영국식은 맛이 있나, 맛이 없나 하고 논쟁이 벌어지기도 하는데 결론은 간단하다. 영국계 식문화인 땅에서는 부자는 대충 맛있는 음식, 가난뱅이는 대충 맛없는 음식을 먹는다. 요점은 돈이다. 돈이 있어 비싼 식재료를 쓰면 맛이 있고, 그렇지 않으면 맛이 없다. 영국계 음식은 조리법이 발달하지 않아서 어디든 메뉴가 똑같다. 한마디로 소박하다. 그래서 보다 신선하고 좋은 식재료를 사용하느냐 아니면 오래되고 값싼 것밖에 쓸 수 없느냐에 따라 맛이 달라진다. 부자는 고급 슈퍼나 전문점, 유기농 식품 시장에서 질 좋은 소고기와 감자와 당근을 사고, 가난한 사람은 값싼 슈퍼나 동네 상점에서 오래된 소고기와 감자와 당근을 산다. 이후는 굽거나 삶는 요리가 기본이다. 경제적인 차이가 식재료와 식사 내용의 질에 그대로 반영된다.

호주의 고등학교를 다닐 때 베트남에서 도망쳐 온 중국계 친구가 난민시설에서 먹었던 피시 앤 칩스와 양고기 스테이크의 맛이 형편없었다는 말을 했다. 1년간 수용소 생활을 한 후 정착한 그녀는 연잎에 싼 찹쌀떡이나 고기만두 같은 맛있는 중국식 반찬으로 도시락을 싸왔다. 마가린을 바른 얇은 빵에 달랑 햄 한 장 끼웠을 뿐인 내 도시락이 부끄러울 정도였는데, 그런 한편으로 중국인은 대단하다는 생각도 했다. 일본인이었다면(물론 일본인도 사람에 따라 다르지만) 난민으로 받아주고, 간소하긴 해도 숙박시설에 머물게 해주고 식사도 공짜로 주는 상황에서 식사가 맛이 없다고 불평하진 않을 것이다. 다른 나라의 신세를 지면서 대놓고 불평을 말하는 사람이 있을까. 스테이크라는 게 원래 이렇게 두꺼운 게 아닐까, 하고 억지스럽게 이해를 하고 넘어가려 할 것이다. 어느 쪽 태도가 좋은지 모르지만 적어도 영국 음식이 맛이 있나 맛이 없나 하는 논쟁을 벌이는 동안에 중화냄비에 요리를 해먹는 편이 영양가 있는 행동일 것이다. 그러고 보니 중국 사람들은 찬밥을 싫어한다. 초밥도 거의 좋아하지 않을 것이다. 슈퍼나 외국의 초밥 체인점에서 파는, 밥이 차게 식어버린 초밥은 나도 좋아하지 않는다. 맛없는 초밥을 먹느니 중화냄비에 푸성귀라도 볶아 먹는 게 낫다.

후일 베르니에게 후리카케에 대해 다음과 같이 설명했다.

베르니. 시드니 민츠(Sidney W. Mintz)의 『설탕과 권력』에는 이렇게 쓰여 있어요. 세계의 식사 대부분은 주식으로서 단일 식물성 전분식품, 가령 옥수수, 감자, 쌀, 밀, 수수 중 하나와 그것을 먹기 쉽게 하는 조미료적인 양념, 이 두 가지로 이루어져 있다고. 민츠는 북로디지아(현재의 잠비아)에서의 오드리 리처즈의 연구를 예로 드는데, 그 연구에 의하면 남(南) 반투(Bantu) 어족인 벰바(Bemba)인에게 '제대로 된 식사'란 우브왈리라는 잡곡(조, 수수류의 곡물)으로 만든 경단 같은 주식에 채소, 생선 등을 넣은 양념인

우무나니, 이 두 가지 요소로 이루어진다. 우무나니는 우브왈리의 맛을 좋게 하여 먹기 쉽도록 하는데, 우브왈리를 먹지 않으면 제대로 식사했다고 할 수 없다. 마찬가지로 파스타만 있으면 약간의 소스, 혹은 소금, 후추, 고춧가루 등으로 양념을 하는 것만으로도 충분한 식사가 되고, 소금에 절인 돼지고기에 살짝 으깬 감자도 식사이고(이것은 아일랜드에서는 입버릇처럼 하는 농담이라고 한다), 흑빵에 소금만 있으면 몇 시간이든 논쟁을 펼칠 수 있다(도스토옙스키 작품 속 등장인물처럼). 이런 발상의 식사가 세계에서는 주류를 이루고 있다.

일본의 주식은 쌀이에요. 우리는 밥이라고 하는데, 영어로는 밀, 식사죠. 그리고 밥 이외의 것을 반찬이라고 하죠. 밥에 곁들여 먹는, 원래는 추가적인 것인데 옛날에는 반찬만 먹고 싶어 하는 사람을 '반찬 귀신'이라고 해서 별로 호의적으로 보지 않았어요. 대부분의 일본인이 가난했거든요. 반찬은 비싸죠. 생선, 고기, 채소를 이용해 설탕, 간장, 소금, 다시마와 멸치 등으로 우려낸 국물, 맛술로 간을 해요. 반찬만 먹으면 가정 경제에 위기를 초래할 수도 있어요. 일본인이 모두 매일 생선회나 초밥을 먹었다고 생각하면 큰 오해예요. 서민들은 밥에 약간의 간을 해서 배를 채웠어요. 가난한 집에서는 밥에 물을 잔뜩 부어 멀건 죽을 쑤어 먹었고요. 지금은 식생활이 크게 바뀌고 서구화되어 반찬 귀신도 문제가 되지 않지만 일본인은 밥을 먹어야 돼요. 밥을 먹어야 식사를 했다고 생각하니까요.

그러니까 말이죠, 베르니. 따뜻한 밥에 이 '후리카케'라는 조미료를 뿌리는 것만으로도 밥이 식사가 되는 거예요. 근현대의 서양 요리에서 쌀이 단지 명색만 유지하는 정도로 곁들여지는 채소나 감자를 대체한 위치에서 벗어나 엄연한 메인이 된 거예요. 인스턴트면서 편리한 에브리데이 재패니즈 밀 스타일을 대표하는 식재료 중 하나가 이 '후리카케'예요. 후리카게 외에도 우메보시(매실장아찌), 쓰쿠다니(어패류, 채소 등을 간장, 설탕을 넣어 조린 반찬), 쓰케모노(채소 절임) 같은, 맛이 진한 보존식품은 전부 밥의 조미료로서의 역할을 하죠. 장어구이 냄새만으로 밥을 몇 공기는 먹을 수 있다고 자만하는 사람도 있어요. 물론 가난했던 시절의 이야기지만.

이 정도면 후리카케의 존재 의의를 이해했을까?

이러한 주식 전분+약간의 조미, 라는 식사 유형이 몇몇 사회에서는 최근 한두 세기 동안 완전히 바뀌어버렸다고 민츠는 말한다. 미국이나 호주, 그 외 서양인과 그 자손이 생활하는 풍요로운 나라에서는 특권 계급이 아니라도 고기를 주식으로 먹고 거기에 곁들이는 채소, 빵이나 감자의 전분질, 버터와 동물성 기름, 설탕 같은 순수 탄수화물로 이루어지는 디저트 등, 전에 없을 정도로 호화로운 식재료를 대량으로 이용한 식사를 기본으로 하게 되었다. 호화롭다는 것은 에너지 효율이 나쁘다는 것이다. 5인 가족이 먹을 수 있는 양의 콩과 잡곡을 매일 돼지와 소에게 먹여 통통하게 살찌운 후 도축해 스테이크로 구워서 날름 입에 넣어버린다. 아프리카에서 데려온 여러 명의 노예를 6년간 사정없이 부려서 사탕수수에서 짜낸 설탕으로 과자를 만든다. 식사 후에는 굳이 먹지 않아도 죽지 않지만 맛있으니까 먹는 것이다. 이런 새로운 식품은 일정량의 칼로리를 생산하기 위해 방대한 칼로리를 투입해야 하는, 전형적으로 비능률적인 식품군이라고 민츠는 말한다. 내용은 다르지만 미국이나 아르헨티나, 호주, 뉴질랜드는 영양학적으로는 에스키모나 틀린기트 족, 마사이 족과 마찬가지로 특이한 존재라고도 이야기한다(『설탕과 권력』). 옛날에는 영국인도 전분에 의존했다. 수렵채집민족 이외의 사람들 사이에서 고기가 식사의 중심이 된 것은 오랜 전분식 역사에서 보면 극히 최근의 일이다.

지금 세계는 초밥 시대다. 이 상황을 좀 더 추진해 영국인과 전 세계로 퍼져나간 그 자손들이 주먹밥을 국민적 간식거리로 먹는 시대가 오면 더욱 좋을 것이다. 주먹밥에서 후리카케에 이르는 길은 그리 멀지 않다. 소고기를 먹는 사람들 중 세계의 4분의 3이 지금도 여전히 가장 좋아하는 전분과 약간의 부식을 섭취하는 식사 유형으로 돌릴 수 있다면 식량 문제, 에너지 낭비 문제의 상당 부분이 해소되지 않을까. 후리카케는 세상을 바꿀지도 모른다. 엄청난 일이다. 후리카케가 이렇게 위대했는지 나도 미처 몰랐다.

종카 냄새를 쫓아서

종카(Dzongkha)라는 낯선 단어가 부탄이란 나라의 국어란 사실을 알게 된 것은 어떤 '냄새' 때문이었다. 처음 맡는 향기지만 약간 눅눅하고 쓴 냄새가 나는 것이 분명 동양풍인데, 문득 옆을 보니 달콤한 꽃의 꿀처럼 아담한 식물의 공간이 펼쳐지고 기억을 더듬자 고수(코리랜더, 향신료의 일종)에 머무는, 그런 진하고 특이한 냄새.

냄새란 신기해서 풀이나 꽃, 과일, 향신료, 동물, 나무, 흙 같은 구체적인 대상만 연상되는 것이 아니라 공간의 넓이며 친밀감, 바람과 비의 느낌, 가본 적 없는 나라의 인상, 시간, 속도, 정신상

태 같은 추상적인 개념까지 떠오르게 한다. 공기 중의 미량 물질이 순간적으로 이러한 감각들로 이어지는 것이다. 설명하기 어려운 것은 그 거리감, 혹은 고독하다고밖에 할 수 없는 감각으로, 세기와도 다르다. 감귤류나 어떤 꽃의 향기는 길고 높이 그리고 멀리까지 날아간다. 고수나 감의 속껍질, 연필, 우유의 냄새는 짧으면서 꽉 찬 느낌이다. 추상적인 인상을 주는 향기에도 높고 낮음, 길고 짧음이 있다. 종카라는 이름의 향수 같은 향기는 멀리까지 미치지 않는, 극히 가까운 곳에서 풍기는 향기였다. 마음속에 기억을 고이 간직하듯이.

모두 좋아한다고는 할 수 없는, 약간 신비로운 인상이다. 종카가 뭐죠? 하고 묻자 시향지(향 테스트지)를 손에 든 여성은 애매한 표정을 지으며 절 같은 곳이라 들었는데, 하고 말한다. 확인해보자고 생각했다. 종카는 나를 의외의 곳으로 데려갔다.

그것이 성채(종)를 의미한다는 것은 쉽게 알 수 있었다. 종은 부탄을 중심으로 한 히말라야 지역의 불교 국가들에서 주로 볼 수 있는 건축물로, 거드름을 피우는 듯 하얗게 몸을 뒤로 젖힌 높은 성벽 안에는 절, 승원, 관공서 그리고 군사시설이 공존한다.

현재는 군사적 역할은 상실했지만, 성을 뜻하는 종카는 부탄의 국어다.

부탄에서는 지역과 민족에 따라 다른 언어를 구사하는데 종카를 모국어로 하는 사람들은 주로 부탄의 서쪽 지역에 살고 있다. 언어학적으로는 티베트어의 남방 방언으로 분류되지만 티베트인에게 종카로 말해도 통하지는 않는다. 그러나 문자는 공통인 티베트 문자를 사용한다. 부탄에서 국립도서관 고문을 맡았던 이마에다 요시로(今枝由郎)는 목록 작성에 필요해 종카를 표현하는 티베트 문자를 컴퓨터로 입력할 수 있도록 디지털화할 계획을 구상하는 한편 영어와 네팔어도 쓰기 때문에 다언어, 다문화 처리능력이 있는 컴퓨터 시스템의 필요성을 깨닫고 애플사의 협력을 얻어 개발을 시작했다. 도서관 직원들이 완성된 시스템을 시험해보았는데 '먹과 붓의 세계에서 키보드와 입력과 레이저 프린터라는 최신 기술로의 이행은 놀랍게도 며칠 만에 완료되었다'고 한다(이마에다 요시로, 『부탄에 매료되어』).

부탄 주변의 국경선은 복잡하다. 북쪽으로는 중국, 서쪽은 네팔, 남쪽은 방글라데시와 접해 있고 거기에 부탄 쪽으로 끼어들

듯 뻗어 있는 요상하게 잘록한 지형의 인도 북동부와도 국경을 접하고 있다. 왕위 계승 싸움과 종교 파벌의 대립과 분리, 그리고 식민지 지배와 변화하는 역사 속에서 여러 민족이 이동과 뒤섞임을 반복해 경계선이 계속 바뀌어온 곳. 그러나 문화적으로 보면 티베트 불교권이라는 하나의 커다란 덩어리에 속하는 지역으로 볼 수 있다. 예전 이곳에는 시킴이라는 왕국이 있었다.

현재는 인도의 주(州)가 되어버린 시킴은 네팔과 부탄 사이에 있는 왕국이었다. 17세기, 불교 종파의 대립으로 티베트에서 도망친 일파가 히말라야 남쪽에 세운 왕국이라고 한다. 이 건국 경위는 부탄과 비슷하다. 그러나 17세기 중반 인도에서 티베트로 가는 무역 루트인 시킴에 영국이 진출하면서 히말라야 기슭의 서늘한 고원은 인도에 거주하는 영국인의 피서지로 개발되었다. 시킴 남부의 다르질링 지구에서 홍차 재배가 시작된 것도 같은 시기다.

인도의 독립과 함께 영국은 시킴의 보호권을 인도에 양도하고, 시킴은 민주화를 통해 의회정치로 이행하게 되었다. 그런데 이 과정이 순탄하지 못했다. 왕가를 중심으로 하는 시킴의 정치

문화적 중심은 티베트계였지만 홍차 산업에 종사하는 노동자로 네팔인이 대량 도입된 결과 그들이 다수파가 되어버린 것이다. 이것이 원인이 되어 일어난 대립과 정치적 혼란 끝에 인도 군대가 개입하게 되었고, 결국 시킴 왕국은 인도에 병합되었다. 이렇게 해서 1975년 히말라야의 작은 왕국은 사라지고 말았다.

사라진 것은 또 있다. 종카를 둘러싼 기묘한 소실. 청년해외협력단으로 부탄에 부임해 컴퓨터 관련 일을 했다는 사카이다 히데아키(境田英昭)의 말을 빌리면 "종카는 현재 윈도우즈의 기본적 언어 시스템으로는 지원되지 않는다"고 한다. 어떻게 된 걸까? 책상 위의 컴퓨터를 켜고 워드 2003년도 판을 열었다. 언어 선택이란 곳을 보니 수많은 언어 중에 '티베트어(부탄)'가 있었다. 아마 종카를 말하는 것일 텐데, 실상 종카라는 명칭은 보이지 않는다. 참고로 티베트의 말은 '티베트어(중국)'으로 되어 있다. 티베트어가 한 나라의 국어로 존재한다는 인상을 말소하고 싶어 하는 그런 정치적인 의도에 종카가 휘말린 걸까.

예전에는 있었는데, 하고 사카이다는 말한다. 옛날 워드에는 '종카'가 있었다. 그것이 '티베트어'가 되어버렸기 때문에 부탄

정부는 윈도우즈 비스타에서는 '종카'의 이름이 부활하도록 온 힘을 다했지만 실현되지 않았다. 오히려 '티베트어(부탄)'라는 명칭마저 사라져버렸다고 한다. 그 이유가 비즈니스 전략적인 것인지 정치적인 것인지 기술적, 혹은 문화적인 것인지는 분명하지 않다. 어쨌든 마이크로소프트사는 윈도우즈 세계에서 '종카'를 없애버렸다.

그런 이야기를 듣고 얼마 지나지 않아 인도인 여성작가 키란 데사이(Kiran Desai)의 소설에서 종카의 어원, 종을 만났다. 정말 뜻밖이다. The Inheritance of Lost, 해설적으로 옮기자면 상실이라는 유산의 계승이라 해야 할까(한국어 번역본에는 '상실의 상속'으로 돼 있다). 무대는 1980년대의 인도 북동부. 중국, 티베트, 부탄에 둘러싸인 고원 지대에 위치한, 부탄부터 시킴, 영국, 인도까지 여러 번 소유자가 바뀐 작은 도시 칼림퐁(Kalimpong)이다.

주인공 소녀 사이는 소련에서 교통사고로 부모님을 여의고 다니던 수녀원 학교에서 나와 은퇴한 판사인 할아버지와 오랫동안 할아버지를 모시고 있는 요리사와 낡은 집에서 지내게 된다. 칼림퐁의 분위기는 뒤숭숭하다. 주인의 얼굴이 바뀌어도 저변 노동자로 착취당하는 상황에는 변함이 없다고 화를 내는 고르카(영국식으로 말하면 구르카), 즉 네팔인들의 불만이 폭발하기 시작한 것이다. 시위대에는 사이의 남자친구도 있다. 그는 아무 생각 없이 주위 사람들에게 사이의 할아버지 집에 있는 녹슨 총에 대한 이야기를 해버린다. 안개 낀 어두운 밤, 가죽점퍼에 국방색 바지, 반다나(힌두어로 홀치기염색이란 뜻의 커다란 목면 손수건)라는 '세계 공통의 게릴라 패션'으로 소년들은 사이의 할아버지 집에 침입한다.

한편, 사이의 이웃인 미망인 로라와 여동생 노니는 '모나미'라는 별장에서 호화롭다고는 할 수 없지만 가난한 농민의 눈에는 별세계로 비쳐지는 곳에서 생활하는 영원한 관광객이다. 그들은 식민지 시대의 유산을 계승하고 서양문화의 교양을 갖춘 예전 인도의 엘리트 계급이다. 별장에 모인 사이와 오랫동안 이곳에 살고 있는 스위스인 부티 신부 앞에서 로라는 오래 전 여행을 회상한다. 여기에 종이 등장한다.

1950, 60년대에 시킴과 부탄을 여행하기는 매우 어려웠는데, 자동차가 지날 길도 없어서 시간이 많이 걸렸다고 로라는 말한

다. 말을 타고 밀림을 여행하는 사람들 머리 위로 거머리가 떨어져서 신발과 양말, 머리카락에까지 소금을 문질러 발랐다. 소금을 덕지덕지 바른 채 말을 타고 거머리와 말라리아모기가 우글거리는 밀림을 여행하는 것은 나카오 시스케(中尾佐助, 식물학자)의 『비경의 나라 부탄』에도 자세히 나와 있는데, 같은 시대라서 비교해 읽으면 재미있다. 이 천연의 장벽이 식민지화의 물결로부터 부탄을 지켜준 것이다. 밀림을 빠져나와 고풍스런 사원이 산꼭대기에서 빛나는 것을 보고, 지역의 전설 이야기에 귀를 기울이며 농촌과 대나무 숲을 지나 부탄의 수도 팀푸로 향한다. 그 2주간의 여행에서 로라 일행이 휴식을 취한 곳이 '커다란 배와 같은 성채' 종이었다. 먼저 전령을 보내 도착을 알리면 종에서 사람이 선물을 갖고 마중 나온다. 100년 전이라면 티베트의 차, 사프란 라이스, 중국산 실크, 어린양의 가죽으로 안감을 댄 옷. 로라 일행이 여행하던 시대에는 햄 샌드위치와 맥주가 들어 있었던 커다란 피크닉 가방.

나카오도 종의 음식에 대해 쓰고 있다. 왕의 초대로 부탄을 방문했기 때문에 정중한 대접을 받았고 식사도 왕궁에서는 서양식, 티베트식의 고급 요리가 나왔다. 그러나 조사여행을 떠날 때는 대개 비용을 직접 부담하는데 쌀과 버터는 항상 부탄의 국고에서 종을 통해 수행자의 몫까지 충분히 지급되었다. 그리고 종의 크기에는 압도되었다고 한다. "……오른쪽에 펼쳐진 산기슭에 거대한 하얀 벽의 성, 파로 종이 나타났다. 순간 짧게 앗 하고 소리칠 만큼 거대한 크기, 마치 커다란 빌딩이 갑자기 히말라야의 오지에 나타난 것 같았다. 가까이 갈수록 창문을 장식한 화려한 색의 조각과 지붕 위에서 빛나는 금빛 장식이 눈부시다. 마치 용궁 같다."

종은 완전히 자급자족할 수 있는 하나의 공동체로, 군대, 농민, 귀족, 지하 감옥에는 죄수도 있어서 요리사나 정원사로 사역을 시켰다, 라고 로라는 설명한다. 램프가 켜진 홀에는 치즈 콜리플라워와 돼지고기 요리가 준비되어 있었고, "아, 그때 나왔던 구스베리 타르트만큼 맛있는 게 없었어. 그리고 욕조" 하고 부티 신부도 말한다. 국왕의 어머니, 살해된 유력자 지그메 도르지의 여동생이 머물렀던 종의 욕조는 나무줄기를 도려낸 것으로, 뜨겁게 달군 돌로 물을 데웠지, 하지만 몇 년 지나 다시 찾아가보니 완전히 근대적으로 바뀌었더군…….

키란 데사이의 이야기에서 사라져버린, 혹은 사라지고 있는 것은 대영제국의 영광과 그 낙조에서 살아가는 식민지 엘리트 계급이다. 잃어버린 것을 그리워할 때 사람은 대부분 그 자체보다는 되찾을 수 없는 자신을 슬퍼한다.

종카 냄새를 쫓아 여기까지 왔다. 허공을 떠돌다 사라져버린 향기를 맡은, 그런 이야기다.

나가세의 빵과 네리만의 초콜릿

야구 모자를 쓰고 얇은 잡지를 든 채 다리 위에 서 있는 모습을 보고 오늘도 나왔구나 생각했다. "안녕하세요" 하며 잔돈을 꺼내자 "고맙습니다" 하고 잡지를 건넨다. 왠지 특별한 기분이 든다. 나도 저렇게 서 있었을지 모르고, 앞으로 서게 될 수도 있다. 앞을 지날 때마다 그런 생각이 들어서 '저 사람이 오늘 춥지 않도록, 덥지 않도록' 하고 기도한다. '제멋대로의 자기투영이다, 오히려 실례다' 하는 생각은 너무 복잡하다. 그냥 매일 그렇게 느낄 뿐이다.

노숙자들의 현대무용 공연이 있다는 소식은 그 잡지에 끼여 있던 광고지를 통해 알았다. 눈앞에 햇볕에 그을린 까만 얼굴이 작게 컬러사진에 담겨 있고, 다른 사람들도 종이 위에서 웃고 있었다. '무용요? 네, 연습하고 있습니다. 힘드시죠? 힘듭니다.' '나는 업무 중'이라는 느낌의 긴장된 얼굴이 사진 속 그것처럼 씩 하고 웃었다. 나는 공연을 보러 가기로 했다. 2007년 초의 일이다.

기획, 연출, 안무, 출연은 아키오 유티라는 댄서로 그와 6명의 '신인 H'가 무대에 오른다고 한다. 대체 어떤 무대가 펼쳐질까. 설렌다. 무용을 보는 것을 좋아한다. 그것도 클래식보다는 현대무용을 좋아하는데 국외 유명한 안무가의 대규모 공연이나 작은 발레 컴퍼니의 실험적인 무대 등 종류는 달라도 인상적인 작품은 전부 춤으로 먹고 살아온 사람들의 무대였다. 초대받고 구경 갔던 무용교실이나 동호회의 발표회는 역시 신통치 않다. 그런데 이번에는 무용교실 학생도 아니고 춤을 춰본 적도 없을, 몸 여기저기 삐걱대지 않을까 걱정이 되는 노숙자 '신인'의 무대다.

공연을 관람했다. 두 가지 의미에서 놀랐다. 하나는 표현자로서 그들의 뛰어난 능력이다. 연극 관계자가 아닐까 싶을 만큼 세련된 동작과 발성을 보여주는 사람도 있고, 긴 대사(무용이지만 그런 장면도 있었다)의 의미를 잘 이해해 표현하는 사람도 있다. 모두 무대의 흐름 속에서 자신의 역할을 이해하고 자신에게 가능한 형태로 그것을 표현한다. 발표회가 아니라 틀림없는 작품이다. 산야(山谷, 지명) 하이쿠 모임의 시집 『눈물 다리』를 읽을 때도 노숙자가 모여서 이렇게 감동적인 시를 짓고 서로 비평하는 책을 만드는 일이 실현될 수 있는 나라가 흔치 않을 거라고 생각했는데, 그래, 이거라면 할 수 있다. 아키오의 연출과 안무가 도시에서의 그들의 위치를 암시하고, 그리고 그 자신의 동작이 때로는 유머러스하고 때로는 진지하게 6명 '신인'들의 동작으로 전개된다.

하지만 한 가지 더욱 충격적인 일이 있었다. 현대무용 공연에서 감동하고 웃고 안절부절 못했던 적은 몇 번 있었다. 그런데 눈물을 흘린 것은 처음이다. 점점 크게 흐느끼고 있었다. 존재한다는 것만을 보여주는 무용, 자기현시와 관계없는 춤. 그것을 처음으로 보았다. 그렇게 느꼈다.

다리 위의 사람, 나가세 씨는 무대에 있었다. 아키오 씨와 같이 구르고, 일어서고, 마주보고, 흔들고, 모두 같이 서서 앉고, 돌고, 걸었다. 점점 단련되어 자유자재로 움직이는 아키오 씨의 신체를 통해 그의 존재감이 느껴진다. 노력해서 표현력을 키워온 댄서의 '보여주는 행위'와 그의 동작은 완전히 다르기 때문이다. 빛을 내며 호소하는 듯 손을 뻗는 생명체와 이쪽이 아무리 응시해도 그곳에 존재할 뿐인 생명체. 나가세 씨의 존재감이 차츰 주위를 압도한다. 있다는 것과 존재한다는 것의 의미를 압도적으로 증명하는 것 같았다.

같이 춤을 춘 아오키 씨는 용기 있는 사람이다. 전체적인 연출도 힘들었겠지만 나가세 씨와 둘이 나란히 춤을 추는 것은 보통과는 다른 에너지가 필요하지 않을까. 두 사람이 구르는 무대 위에는 토끼 한 마리도 풀어놓았다. 단지 존재하는 것이라면 토끼도 그렇다. 하지만 그런 토끼를 본다고 해서 눈물이 나지는 않는다. 나가세 씨가 인간이라서 그리고 아오키 씨가 그 사실을 온몸으로 표현하기 때문에 눈물이 나는 것이다. 나가세 씨를 알기 때문이라고 하면 그럴 수도 있다. 그가 노숙자란 사실을 알기 때문이라면 그럴 수 있을지도 모른다. 단, 그런 사실을 몰라도 이 두 사람의 대비에는 뭔가 충격적인 것이 있다. 그건 분명하다. 이런 식으로 같이 '일하는' 사람은 흔치 않다.

나가세 씨는 다리 위에 있다. 나는 다리를 건넌다. 다리 중간에서 그에게 인사를 했다. 그는 '나는 업무 중'이라는 얼굴로 이쪽을 보지 않는다. 저곳에 사람이 있다. 그 자체가 대단하고 신나고 즐거운 일임을 새삼 깨달았다. 당신은 훌륭한 댄서다. 말하지는 않았지만 앞을 지날 때마다 그렇게 생각한다.

참, 음식 이야기였지. 나가세 씨는 예전에 빵 공장에서 일했다고 한다. 공장은 망했단다. 빵은 좋아해요? 나가세 씨는 말한다. 네, 빵은 맛있죠. 언젠가 나가세 씨가 따뜻한 집에서 걱정 없이 빵을 먹을 수 있게 되기를 바란다. 오늘도 그렇게 바란다.

나가세 씨처럼 잠잘 곳, 끼니를 걱정해야 하는 사람이 도쿄에는 많다. 매일 눈앞에서 그런 사람들과 스쳐 지나가는데도 먹을거리가 넘쳐나서 먹을 수 있는 것들도 버려지는 나라에 살다보니 굶주리는 사람을 구체적으로 실감하기 어렵다.

예전에 굶주려본 사람도 그렇다. 목구멍만 넘어가면 뜨거움을 잊는다는 말처럼 인간은 어떤 고난도 시간이 지나면 망각하는 동물이고, 그렇지 않으면 정신이 이상해진다. 네리만의 이야기를 듣고 그렇게 생각했다.

네리만은 캄보디아 난민이었다. 폴포트가 정권을 잡자 안정된 지식층의 생활에서 단번에 빈곤의 구렁으로 빠져버린 것을 당시 아직 어렸던 그녀는 또렷하게 기억한다. 망명을 도와주는 태국인 업자에게 금괴를 건네고 정글을 도망친 다음 태국으로 건너가 그곳에서 호주에 난민으로 들어온 그런 아이들 가운데 하나였다. 돈이 없으면 그 자리에서 죽는다. 네리만은 행운이었다. 죽은 동포들과 그녀의 차이는 약간의 우연에 불과했다. 네리만은 살아남아 성장해서 결혼해 아이를 낳아 키우고 어느 정도 여유가 생긴 지금 오랫동안 꿈꾸었던 대학에 진학해 공부하고 있다.

지인의 친구로 우연히 만난 네리만의 이야기를 듣던 중 그녀가 난민 수용시설에서 다녔던 멜버른의 학교가 내가 고등학생 때 공부했던 학교라는 사실을 알게 되었다. 그 학교에서 1년을 견디고, 게다가 선생님이 됐다니, 하고 네리만은 눈을 동그랗게 뜨며 놀랐다. 이전 캄보디아 난민이었던 네리만이 그렇게 놀랄 줄은 생각지도 못했기 때문에 내가 더 놀랐다. 물론 그 학교는 그 지역에서도 평판이 좋지 않은 공립학교였다. 난민과 이민자들뿐으로, 부모는 이민자이지만 자신은 호주에서 태어난 아이들이 영어 원어민이라는 이유 하나만으로 우수한 학생이 될 수 있는 그런 학교였다. 어제 오늘 난민선에서 기어 나온 학생들이 갑자기 셰익스피어나 버나드 쇼(George Bernard Shaw)를 읽고 에세이를 써야 했다. 동유럽권 아이들은 그 전까지의 답답한 정치의 공기에서 겨우 벗어난 분풀이인 양 알록달록 물들인 머리에 보디 피어싱까지 하고 마치 신디 로퍼 같은 차림으로 학교에 와서 아시아계 아이를 괴롭히며 좋아했다. 물론 착한 아이도 있었지만 유고슬라비아 아이가 제일 못됐었다. "그래, 못됐어" 하고 네리만도 고개를 끄덕였다. 중국계 아이들은 편했지만 대개 광둥어를 써서 친구가 되기 어려웠고, 베트남인, 필리핀인, 칠레인, 싱가포르인, 터키인, 그리스인, 레바논인, 프랑스인 등 다양했다. 그 학교에서 보지 못한 것은 아프리카계 정도였다. 지금은 수단과 소말리아 아이가 많다.

"그래요, 요즘은 아프리카계가 많이 늘었죠."

그 학교에서의 경험을 서로 나눌 수 있다는 있다는 사실에 네리만은 이야기를 토해냈다. 어릴 적 말이 통하지 않아 고생한 이야기, 호주에서 있었던 일, 가족에 대한 이야기, 화려하고 아름다웠던 프놈펜의 집, 두려움에 떨었던 폴포트 시대, 먹을 것이 없어 물로 허기를 달랬던 날들. 나는 지금껏 내 이야기를 거의 하지 않았어요. 들어서 재미있거나 신나는 이야기는 아니니까. 하지만 지금은 전부 말하고 싶어. 이제야 말할 수 있는 때가 온 것 같아요.

이 나라에 왔을 때 나는 열두 살이었는데, 영어는 거의 하지 못했어요, 하고 네리만은 말했다. 그 학교는 정말 다니기 힘들었죠. 7학년부터 12학년까지 전교생 가운데 크메르어를 할 줄 아는 아이는 나 외에 단 한 명뿐이었어요. 완전 실망했죠. 그 전까지 수다쟁이에 활달하고 공부도 잘하는 아이였는데 말을 모르니까 갑자기 바보가 되어버렸어요. 좋은 성적을 받기 위해 열심히 공부해도 영어 선생님은 "동양인은 영어에서 B이상은 주지 않는다"고 공언했죠. 못됐어, 아주 못됐어요.

1975년, 크메르루주 군이 프놈펜을 점령하기 전, 폴포트의 압정이 시작되기 전에는 캄보디아에서 먹었던 음식은 지금처럼 평범한 것들, 밥, 카레, 코코넛, 생강, 칠리, 레몬글라스, 타메릭, 양강근(galangal) 등의 향신료가 들어간 음식이었어요. 반찬은 주로 생선, 닭, 돼지, 소고기. 양은 절대 먹지 않았죠. 지금도 집에서는 양고기를 안 먹어요. 신선한 과일과 채소도 많았죠. 1978년 베트남군이 개입하기 전까지 3년간은 공동식당에서 작은 밥공기에 담긴 멀건 죽을 네 명이 나눠 먹었어요. 중산계급과 지식층을 철저히 탄압했기 때문에 우리 가족은 프놈펜에서 쫓겨나 시골에서 일하게 됐어요. 하루 식사는 한 번 뿐. 먹을 수 있는 거라면 뭐든 먹었어요.

나는 엄마가 식당에서 일을 했기 때문에 그나마 견딜 수 있었죠. 나를 위해 쓰고 남은 채소며 먹을거리를 조금씩 빼돌려 가져왔거든요. 엄마는 섬유공장에서도 일했는데 면포에 풀을 매길 때 쓰는 녹말을 빼와서 그걸로 경단을 만들어준 적도 있어요. 그때는 그게 너무 맛있었는데. 그런 행운도 얻을 수 없는 아이는 그냥 배를 곯는 수밖에 없었죠. 지역에 따라 차이가 컸어요. 내가 있던 곳은 그렇게 심하지는 않았어요. 적어도 입에 넣을 것은 있었거든요. 강이 가까워서 일을 도와주고 생선 머리를 얻어 어머니에게 가져다줄 수도 있었죠. 하지만 내 사촌은 나처럼 운이 좋지 못했어요. 지옥 같은 곳에 보내졌거든요. 그곳에선 아이들이 차례로 굶어죽었죠. 사촌이 살아남은 건 기적이었어요.

아무튼 뭐든 먹었어요. 밭에 돌아다니는 쥐며 뱀, 우렁이, 게, 두꺼비, 살기 위해 뭐든지 먹었어요. 호주에 도착했을 때 나는 열두 살이었지만 몸무게는 15킬로그램밖에 되지 않았죠. 뼈와 가죽만 남은 몸에 머리만 커다랗고 배는 볼록 나온, 영양실조에 걸린 아이의 전형적인 모습이었어요. 지금은 생각할 수도 없는 일이죠. 요즘은 너무 많이 먹어서 다이어트하지 않으면 안 될 정도거든요. 하지만 먹을 게 있다는 건 정말 좋은 일예요.

차를 마시고 네리만이 갖고 온 초콜릿과 너트를 입에 넣고 씹으면서 나도 말했다. 네리만, 정치가의 광기로 당연히 먹을 수 있는 음식을 먹지 못하고 생활이 엉망이 되어버리는 것은 가장 슬픈 이야기예요. 하지만 세상에는 지금도 그런 일들이 수두룩하죠. 이상하지 않아요? 먹는 건 인간의 생활 가운데 가장 기본적인 것이잖아요. 그런데 왜 이렇게 꼬여버린 걸까요.

이것은 가나, 코트디부아르, 서아프리카의 카카오 산출국에서 취재한 저널리스트가 초콜릿 산업 실태에 대해 쓴 『초콜릿 국가(Chocolate Nations)』라는 책인데 부제목은 '카카오를 위해 살고 카카오를 위해 죽는 서아프리카 사람들'이에요. 이걸 읽으면 초콜릿이란 걸 쉽게 먹어선 안 된다는 생각이 들어요. 세계의 많은 사람들이 초콜릿을 굉장히 좋아하고, 그럴수록 초콜릿을 만드는 기업들은 돈을 벌죠. 초콜릿 산업이란 것이 대부분 대기업이 독점하는 형편이잖아요. 가격도 농가의 요구가 아닌 시장 원리로 기업이 정해버리죠.

카카오 콩은 항상 수요가 있지만 카카오 농가는 영세해요. 카리브 해에서는 거의 카카오 농사를 짓지 않고, 서아프리카산이 중심이라고 해요. 그래서 카카오 산출국, 그러니까 '초콜릿 네이션'에게 카카오 수출은 매우 중요한 수입원인 거죠. 높은 가격으로 안정되게 팔 수 있으니까. 정부와 기업이 결탁해 영세 농가를 착취하죠. 정부가 시장 가격보다 훨씬 낮은 값에 카카오 콩 가격을 설정해 수매하고 외국에 팔아서 차액을 수익으로 챙기거나 아니면 높은 수출세를 매기는 거예요. 농가는 카카오 농사를 짓지 않으면 죽을 판이지만 농사를 지어도 형편은 달라질 게 없죠. 식민지 시대처럼 한 가지 상품 작물만 농사지어서는 생활에 필요한 먹을거리도 얻을 수 없고, 병충해나 재해 때도 대응할 수 있는 다양성 있는 농업을 발전시킬 수 없어요. 너무 가난해서 식민지 시대에 통치 수단으로 대립하게 되었던 민족끼리 카카오 농지와 거주권을 둘러싸고 서로 싸우고 죽이는 일이 벌어지고요. 어린아이를 노동력으로 부린다는 비난에 공정무역을 내세우는 회사도 농가에 정부 가격보다 비싼, 국제적으로 봤을 때 타당한 가격을 쳐주는 것은 아니에요. 비싼 초콜릿은 농가가 아닌 회사에 이익을 가져다줄 뿐이죠.

하지만 초콜릿에는 죄가 없다.

죄가 없을까?

카카오를 팔지 못하는 농가는 진짜 굶어죽어요.

하지만 팔아도 죽을 만큼 가난한 생활을 계속하게 되거나 무자비하게 살해되는 경우도 있죠.

카카오도 초콜릿도 농가도 죄가 없어요. 나쁜 것은 농사짓는 사람을 아사 직전까지 내몰고 자신의 배만 불리며 사는 사람들이죠. 사람들은 잘 몰라요. 그러니 농원에서 어떤 일이 일어나는

지 외부인에게 알리는 수밖에 없어요. 내부가 썩어 손을 쓸 수 없다면 밖에서 할 수 있는 일을 해주는 수밖에 없죠. 도움을 받는 사람이 있으면 사실은 차츰 전해지죠. 사태는 바뀔 수 있어요. 캄보디아도 시간은 걸렸지만 바뀌었잖아요. 초콜릿 값이 비싸지면 자주 먹을 수 없을지 모르지만 그건 참을 수 있어요. 초콜릿을 좋아하니까.

그래요, 초콜릿은 좋아요. 네리만이 다이어트해야 한다고 말할 수 있게 된 것도 좋고. 서아프리카 농가가 농사지은 카카오가 정당한 가격에 팔려서 일할수록 생활이 편해지는 것이 절대 불가능한 일은 아니에요. 초콜릿은 팔리니까. 사태는 바뀔 거라고 네리만도 말한다. 나도 그렇게 되었으면 좋겠어요. 항상 그렇게 되기를 바라죠.

먹보의 고백

사람은 죽기 전에 무엇이 먹고 싶을까. 먹보인 나는 생각한다.

생각하지만 결론은 나지 않는다. 그걸 먹으면 어떨까, 아니 그것도 먹고 싶은데…….

먹보로서 꼭 말하고 싶은 것이 있다.

2011년 3월 11일 동일본 대지진이 일어난 후 일본에서 맛있는 음식에 관한 책을 쓰고 출판하기에는 특별한 어려움이 따르게 되었다.

그런 책을 내려면 한 가지 태도를 고집하지 않으면 안 된다.

하지만 《월간백과》(2011년 6월호를 끝으로 휴간)에 〈접시 위의 구름〉이라는 연재 에세이를 쓰기 시작할 당시에는 그런 생각은 하지 못했다. 아무튼 밥이 맛있다는 사람이 이곳저곳 찾아가 음식을 먹었다는 사실이 있을 뿐 그것을 한 권의 책에 담을 수 있을지 나도 알 수 없었다.

모순인 것이 당연하다.

호주 학생들과 함께하는 독서 모임에서 원자력 발전소 존속에 반대하는 교토대학의 원자력 공학자 고이데 히로아키(小出裕章)가 집필한 『방사능오염의 현실을 넘어서』에 대해 토론할 때 '오염된 것들은 어른이 먹어야 하고, 또 원자력 발전을 허용한 인간이 먹어야 한다'는 생각에 찬성하는 사람과 '꼭 그렇게 해야 하냐, 자신은 먹고 싶지 않다'는 사람으로 나뉘어 격렬한 논쟁이 벌어졌다.

세계적인 규모로 보면 정도의 차이는 있지만 방사능에 전혀 오염되지 않은 지역은 아마 거의 없을 것이다. 나는 그렇게 의심한다. 알면 알수록 늘어날 것이다.

원자력 발전만이 아니다. 원자폭탄과 수소폭탄 실험 장소, 원료인 우라늄 광산, 오염물질 폐기처리장, 그 외에 다양한 형태로 세계 곳곳에서 광범위하게 오염 지역이 나타나고 있다고 많은 책과 보고서가 증언하고 있다.

방사능이라는 괴상한 '선'을 내뿜는 방사성 물질이 인간과 가까워진 것은 사실 얼마 되지 않았다. 사용하기는 하지만 현재로서는 그것이 어떤 것인지 정확히 모른다.

그런 불안한 물질의 사용에 대해 어떻게 대응해야 할지 모르는 사람들 사이에서는 그것이 큰 재해를 초래할 수 있다는 불안감이 크지만 대국을 결단하는 입장에 있는 사람들은 사용을 멈출 생각이 없는 것 같다.

방사능뿐 아니라 생물에 유해한 화학물질에 의한 오염을 조사하면 안전한 물이나 먹을거리를 찾는 것이 얼마나 어려운 일인지 분명해진다.

이러한 문제는 앞으로 후쿠시마나 일본에 국한하지 않고 세계 각지에서 더욱 어려워지고, 복잡해지고, 심각해질 것이다. 좋은 것만 먹고 싶다, 조금이라도 나쁜 성분이 들어 있는 것은 싫다, 하고 말할 수 있는 동안은 그나마 여유가 있다. 그러나 머지않아, 아니 이미 더 이상 그런 말은 할 수 없게 되었다.

그러나 싫다는 기분이 드는 것은 당연하다, 나도 싫다. 싫지만 피할 수도 없다. 어쩔 수 없는 일이다.

인간의 그림자라곤 도저히 찾아볼 수 없고 모든 얽매임에서 벗어나버린 듯한, 신비한 연꽃이 피는 호주 아넘 랜드(Arnhem Land)의 습지대에서 한가롭게 낮잠을 자는 악어도 우라늄 광산의 오염수에서 자유로울 수 없는 지금, 그것이 나의 사적인 판단과 주장에 지나지 않는다고 말할 수는 없을 것이다.

미래의 이 별에 태어날지도 모를 지적 생물은 공룡보다 부질없는 생명체인 인간의 절멸에 대한 이유를 역사에 기록하며 어리석다고 개탄하지 않을까.

그러나, 아니 그렇기 때문에 사고 전이나 후나 음식에 대한 나의 태도는 똑같다.

무슨 일이 일어나건 절대로 변하지 않는 사실은 '인간이 밥을 먹는다'는 것. 토속 음식의 이면을 더듬어보면 오래 묵은 이야기와 지혜가 박혀 있고, 식탁에 오르는 음식에는 언제나 개인의 기억이 오롯이 담겨 있다. 그리고 바다를 건너온 음식은 흥미진진한 에피소드와 깜짝 놀랄 반전을 감추고 있다.

불 주위로 둘러앉은 사람들은 구수한 음식 냄새를 맡으며 몇 번씩 반복되는 이야기에도 박장대소하며 즐거워하고, 여행자는 한 접시의 친절을 베풀어주는 낯선 이들의 관심과 호의에 힘을 얻어 다시 이국의 땅을 여행한다.

음식을 주제로 에세이를 써보지 않겠어요, 하고 말을 꺼낸 것은 헤이본샤의 다케우치 료코 씨였다. 과연 내가 하고 싶은 비교문화와 문학 이야기를 적절히 풀어낼 수 있을지 걱정했는데 막상 해보니 음식이라는 주제는 손쉽게 국경을 넘어 자유자재로, 하지만 완고하고 보수적이고 동시에 놀랄 만큼 유연하게, '문화'라는 애매한 말처럼 사람들의 다른 생활 속으로 깊이 파고들어 갈 수 있었다.

나는 맛있는 음식이 정말 좋다.

그것은 특별하고 진귀한 음식이 아니다. 한 잔의 물이 때와 장소에 따라서는 이 세상 그 무엇보다 맛있다. 맛은 삶의 문맥 위에 있다.

캐나다의 소설가 마가렛 로렌스는 『스톤엔젤 The Stone Angel』에서 아흔 살의 헤이거 쉬플리의 마지막 날들을 그렸다. 그녀는 기억이 가물거릴 만큼 노쇠했고 같이 사는 장남 부부와도 사이가 좋지 않다. 아들 부부는 감당하기 힘든 헤이거를 양로원에 보내려고 하는데 그녀는 집에서 도망쳐 나와 인생 최후의 모험에서 자신이 걸어온 길을 돌아본다. 그리고 사람들에게 발견되어 병원으로 옮겨져 죽음을 맞는다. 가장 인상적인 것은 헤이거가 마지막에 물을 마시는 장면이다.

며느리가 그녀에게 물을 먹여주기 위해 컵을 가까이 대자 헤이거는 마실 물로 가득한 잔을 빼앗는다.

"내 손으로 잡을 거야, 자, 자."

거기서 이야기가 끝난다. 물이다, 물이야, 그래……, 영어로는 "There. There"라는 말이 전부다.

이 부분을 읽고 나는 매우 만족스러웠다. 헤이거 쉬플리가 회생하는 그녀의 인생은 실패였고 따분했다. 그러나 마지막에 그녀는 모든 구속으로부터 벗어나 자유롭게 자신의 두 발로 걸어 낯선 사람들을 만나고 낯선 장소에서 홀로 인생을 돌아본다. 그리고 물 한 잔을 소망하고 그 달콤한 물을 마시려다 눈을 감는다. 의욕에 불타 다른 누가 자신을 위해 잔을 들어주는 것을 허락하지 않는다. 이 사람의 최후는 당당했다. 나도 그랬으면 좋겠다고 생각했다.

죽음을 향해 다가가는 길. 보이는 것이라고는 쇠약해지는 육체의 변화뿐이지만 그 안에서도 성장이라 부를 수 있는 것이 있지 않을까. 예를 들어 어떤 생각의 여정이나 동작의 자연스러움에 대해 자기 나름대로 납득하기 위해 죽음을 앞둔 순간까지 노력할 수 있다면. 그런 성장을 계속 원하는 것이 좋건 싫건 인간이라는 생물의 특성일지도 모른다. 그렇게 해서 최선을 다해 성장을 원하는 삶에는 희망이 있지 않을까.

헤이거처럼 그 순간까지

마시고 싶은 물을 마시고 싶다,

맛있는 음식을 먹고 싶다,

모르는 것을 알고 싶다,

재미있는 이야기를 듣고 싶다,

그런 것들을 글로 써서 사람들에게 소개하고 싶다.

이런 소망을 마침내 포기하고 도도새와 티라노사우루스를 만나러 살아 있는 생명체는 본 적이 없다는 깊은 오지를 향해 안녕하고 사라지는 그 순간까지 매일 접시 위의 구름과 마주할 수 있기를.